COLLECTION FOLIO

René Reouven

Souvenez-vous de Monte-Cristo

Denoël

René Reouven est un des grands noms de la littérature criminelle d'expression française, mais aussi, sous la signature de René Sussan, l'auteur de plusieurs livres fantastiques, de science-fiction ou d'histoires romanesques. Ses *Histoires secrètes de Sherlock Holmes* l'ont imposé comme un maître du récit apocryphe.

PROLOGUE

Les brumes de l'aube estompaient le décor sur les deux rives de la Seine. Un vent frais habillait l'eau du fleuve d'une moire verte où tremblait le reflet des feuillages, le long des quais, et jusqu'à l'île de la Cité, un peu plus haut.

Chaubard releva instinctivement les revers de son pardessus. Il était d'humeur sombre. Il ne comprenait toujours pas pourquoi le rendez-vous avait été fixé si tôt, et dans un endroit si désert, le pont des Arts à cinq heures du matin ! Bien entendu, l'idée d'un traquenard l'avait effleuré, mais les voyous ne sont pas des lève-tôt, et de toute façon il n'avait pas apporté d'argent, se réservant de conclure l'affaire dans un lieu et à un moment plus décents. Au fond, ce type devait avoir ses raisons. Ce qu'il lui avait proposé au téléphone n'était pas de ces initiatives que sa hiérarchie eût acceptées...

« J'espère qu'il ne va pas me faire trop attendre, songea vaguement Chaubard. Ce ne sont pas les embouteillages qui risquent de le retarder. S'il n'est pas là dans cinq minutes, je me tire. »

L'homme ne le fit pas attendre. Peu après, son pas résonna dans l'air tranquille. Chaubard le vit venir vers lui, grand, maigre, les mains dans les poches d'un imperméable très anonyme. Quand l'autre se fut rapproché, il nota, dans le visage glabre, un peu osseux, la bouche goguenarde et le regard lourd sous des paupières tombantes. La trentaine accusée. Il ne se rappelait pas l'avoir vu, parmi les quelques bureaucrates qui procédaient aux inscriptions, dans les locaux administratifs du lycée.

L'homme s'arrêta. « Bonjour », dit-il d'une voix de baryton.

Chaubard donna libre cours à son irritation. « Pourquoi ici ? s'écria-t-il aigrement. On n'aurait pas pu se voir en fin d'après-midi, dans un bistrot ?

— Plus bas, lui intima son interlocuteur. Ce n'est pas sans risque, ce que je fais là. A ce petit jeu, moi, je risque mon emploi, mon bon monsieur.

— Bon, coupa Chaubard, alors dites-moi combien, mais je vous avertis, je ne paie rien tant que je ne suis pas sûr que mon fils est inscrit dans votre putain d'établissement.

— Je vois, répondit l'autre d'un ton glacé. La liasse coupée en deux, n'est-ce pas, comme dans les mauvais romans. Mais inutile.

— Pourquoi inutile ?

— Pour ça. »

Chaubard éprouva d'abord la sensation d'un léger coup à l'estomac. Immédiatement après vint la douleur, fulgurante, atroce. Les yeux exorbités, il porta les mains à son ventre, les releva rouges de sang. Il balbutia, dans un flux de terreur panique : « Je n'ai pas d'argent.

— Je ne veux pas de votre argent. »

Chaubard tomba à genoux, le corps saisi d'un froid mortel, la vue déjà brouillée. « Pourquoi ? » râla-t-il.

Il bascula en arrière. L'homme se pencha vers lui, déposa sur sa poitrine une petite pancarte sur laquelle étaient collés quelques mots imprimés, vraisemblablement découpés dans des couvertures de livres :

SOUVENEZ-VOUS DE MONTE-CRISTO

« Pourquoi ? » répéta Chaubard, dans sa dernière lueur de conscience.

L'individu chuchota : « Je pourrais vous répondre que c'est parce que vous êtes vulgaire et parfaitement antipathique, mais ce ne serait pas exact. C'est surtout parce que vous vous appelez Chaubard, et qu'à ce titre vous devez être trouvé mort sur le pont des Arts à cinq heures du matin. »

Il se releva. L'endroit était toujours désert. L'homme apprécia fugitivement la magie de cette heure indécise où la nuit succombait au jour, dans la beauté sereine et dépouillée du pont des Arts.

« Coup de couteau à l'aube, conclut-il dans le désabusement. Ce n'est pourtant pas l'heure de pointe. »

Son ironie se lézardait d'une émotion mal contenue, car c'était là son premier crime. Chez cet intellectuel peu porté à l'action, le soliloque et le passé simple de l'indicatif constituaient, avec l'argent, les passions principales.

PREMIÈRE PARTIE

Les soliloques de l'assassin

Premier soliloque

Je n'ai jamais trouvé que dans le soliloque un interlocuteur à ma mesure. Qu'on s'entende : il s'agit moins chez moi d'un monologue que d'un dialogue à sens unique. Sans parler tout seul — car je ne suis pas fou, quoi qu'en pensent certains — j'analyse mes pensées et mes actes à bonne distance, un peu comme si, en mon for intérieur, acteur et spectateur faisaient deux. Ce détachement psychologique me permet une appréhension plus exacte du présent, en même temps qu'une meilleure vision des choses à venir. Bref, si je m'amuse à me raconter, je me suis toujours gardé de la tentation romantique du journal. Car voilà un piège pour les âmes les plus brillantes ! D'abord, le document peut tomber en de mauvaises mains, et lorsqu'on veut pratiquer l'assassinat, le danger n'est pas négligeable, tant de connards prenant pour du civisme leurs humeurs délatrices... Ensuite, on se sent porté, dans ce mode de relation, à employer le passé composé, ce langage trivial du quotidien, qui ôte toute poésie et tout raffinement à la narration. Quand je pense qu'un esprit aussi subtil que Camus a cédé à cette facilité avec son *Étranger*, on n'aurait pas dû lui donner le Nobel !

Mais revenons à nos moutons, au cas particulier, à ce Chaubard, sacrifié l'année dernière sur l'autel de mon machiavélisme littéraire. Paraphrasant Churchill après El-Alamein, je dirais que ce meurtre n'était pas la fin de ma quête, que ce n'était pas le commencement de sa fin, mais que c'était au moins la fin du commencement. Chesterton ne faisait-il pas déclarer à son délicieux père Brown : « Où un sage cache-t-il une feuille ? Dans la forêt. S'il n'y avait pas de forêt, il en créerait une. Et s'il voulait cacher une feuille morte, il créerait une forêt morte. »

Chaubard en avait été le premier arbre.

Deuxième soliloque

Le deuxième arbre devait impérativement s'appeler Solari. Le Minitel m'en avait indiqué une bonne vingtaine à Paris. Mon choix se compliquait du fait que je devais tenir compte de deux critères, l'un, essentiel : la possibilité matérielle d'accomplir mon forfait à moindres risques ; l'autre, accessoire, ressortissant à des motivations morales tout à fait personnelles : Solari pour Solari, autant éliminer de préférence une ordure, l'environnement ne s'en porterait que mieux. Sur ce point, je ne me faisais d'ailleurs guère de souci. Parmi une vingtaine de postulants, je trouverais bien un salaud, les statistiques étaient là pour me rassurer, le spectacle offert par ma propre famille aussi.

La famille ! Beaucoup en ont mieux parlé que je ne saurais le faire, de Gide à Bernanos en passant par Malcolm de Chazal. Pour ce qui me concerne, la chance veut que la mienne soit réduite aux collatéraux. Célibataire sans enfants, mes parents eurent le bon esprit, en disparaissant dans la force de l'âge, de m'éviter ces assistances quotidiennes qu'on se croit tenu de leur apporter lorsque leurs forces déclinantes comptent sur l'épanouissement des vôtres. Mon plus proche parent est donc un oncle, prénommé Charles, frère cadet de ma mère, qui lui a survécu, et compte sans doute lui survivre encore un moment si je n'y mets bon ordre. Plus que très riche, cet oncle. Pourtant, pendant très longtemps, j'avais renoncé à lui coller l'étiquette d'oncle à héritage, attendu qu'il a enrichi l'humanité de deux rejetons. Mon cousin Brice, ado prolongé, après avoir fait le désespoir de sa mère, laquelle en est morte comme dans tous les bons ouvrages, suscite à présent le désintérêt total de son père : il boit, se drogue, et court les mauvais lieux. Ma cousine, prénommée Germaine au risque de taquiner le pléonasme, n'est pas plus gâtée, la pauvre. Physiquement disgraciée, elle compense ses frustrations sentimentales par la boulimie, si bien qu'à dix-huit ans, l'âge de la sveltesse, la voilà déjà enveloppée, ce qui n'en fait pas un cadeau pour autant. Ajouterais-je que son quotient intellectuel est inversement proportionnel à son tour de taille ?

Mon optique restrictive avait changé sous l'influence d'un ouvrage singulier, déniché au plus profond des rayons de la bibliothèque du lycée où j'exerce la noble fonction de documentaliste. Il s'agissait des *Mémoires tirés des archives de la police pour servir à la morale et à la justice*, d'un certain Jacques Peuchet (1838). Ce fut en ces lignes obsolètes que je trouvai l'idée, la conception et les modalités d'application du plan que je mis dès lors en exercice. Un seul mot, un nom plutôt, en fut le déclic : Loupian. Loupian, le nom de ma mère, et conséquemment celui de mon oncle. Un ancêtre ? Un homonyme ? Peu importait. Un prétexte, en tout cas.

Je me mis à hanter les librairies. La prudence m'incitait à ne pas acheter les livres qui m'étaient nécessaires au même endroit, afin de ne pas attirer l'attention. Je me les procurai donc dans des grandes surfaces différentes, commerces où, par surcroît, l'anonymat est mieux préservé : une dizaine d'exemplaires du *Comte de Monte-Cristo*, dû, comme nul ne l'ignore, à Alexandre Dumas, plus le même nombre du roman *Vous souvenez-vous de Paco ?* d'Exbrayat, ce que, peut-être, on sait moins. Je consacrai ensuite tout mon temps et mon soin à confectionner dix petites pancartes en découpant dans les couvertures les mots qu'il me fallait.

Certes, j'aurais pu tout simplement délivrer mon message en traçant des caractères d'imprimerie sur un bristol tout-venant, mais la science de l'identification a fait de tels progrès que c'eût été imprudent. Que peuvent des artisans comme moi contre cette industrie qu'est devenue l'institution policière ? A ce propos, qu'on se rassure : c'est soigneusement ganté que j'avais procédé à toutes ces manipulations.

A cette époque m'était déjà venue une crainte confuse : quel flic serait chargé d'enquêter sur ce que j'appelais « l'affaire Monte-Cristo » ? J'espérais de façon fervente qu'on ne me déléguerait pas quelque fonctionnaire obtus, fermé à toutes les imaginations, et je me souvenais de cette théorie enseignée par mon professeur de judo, durant les premiers cours d'initiation que j'avais suivis au sortir de l'adolescence : « Le judo est une science subtile. Il vous apprendra à savoir ne pas résister. Plus votre adversaire est fort, plus il est désarmé, car vous retournez contre lui sa propre force et son propre poids, selon le principe du levier et du point d'appui... » Ayant tenté un peu plus tard de mettre en pratique ces aphorismes de salle lors d'une altercation avec un loubard, je m'étais retrouvé à terre, le nez et l'amour-propre endoloris.

Cependant, sur le plan de l'esprit, je ne doutais pas de redonner du lustre à ce principe. Pour que mon dessein réussît pleinement, j'avais besoin d'un flic intelligent, cultivé dans la mesure du possible, afin que je pusse retourner contre lui ses propres facultés.

Si j'avais affaire à un con, j'étais cuit.

Troisième soliloque

J'avais commencé par dresser ma liste, chronologique bien entendu :

1 : Chaubard. — 2 : Solari. — 3 et 4 : Mes cousins, Brice et Germaine, à qui, en d'autres temps, je n'eusse voulu le moindre mal, mais qui se trouvaient sur ma route. — 5 : Mon oncle Mathieu, l'œil du cyclone. — 6 : Allut, pour le geste, et une conclusion esthétique à l'hécatombe.

Annexe : le chien de mon oncle, animal bonasse dont on voudra bien croire que je ne nourris contre lui aucune aversion personnelle, mais la règle du jeu l'exigeait, telle qu'elle apparaissait dans le texte de Jacques Peuchet, devenu mon vade-mecum de l'assassinat.

Combien de fois l'avais-je lu et relu ? Je l'ai dit, je suis, en ma qualité de documentaliste, chargé d'administrer la bibliothèque d'un des plus grands — le plus grand, soutiennent les thuriféraires du proviseur — lycées de Paris et de France. De la seconde aux classes préparatoires à toutes les grandes écoles, cet établissement au nom royal s'enorgueillit de compter, parmi ses anciens élèves, les têtes les plus pleines, voire les plus enflées, de la République, en concurrence d'ailleurs avec le lycée très voisin, non moins célèbre et non moins royal, qui lui dispute chaque année le palmarès du Concours général, au terme de ce que les hypocrites appellent une saine émulation pédagogique.

Mon bureau est situé au dernier étage du bâtiment, au milieu des archives, quasiment sous les toits. J'y jouis d'une paix souveraine, loin des tumultes de la vie universitaire. Ce fut d'ailleurs cet isolement qui me permit d'élaborer mon plan à loisir. Je ne le cacherai pas, j'avais buté un moment sur le problème du choix. Je disposais d'une liste de Chaubard (cinq à Paris), de Solari (une vingtaine). En revanche, pas de Loupian — mon oncle s'est fait mettre sur la liste rouge, sans savoir qu'il était déjà sur la noire — ni d'Allut. Alors faire le 36-17 code NOM et explorer le Gard, puisque d'après Peuchet tous ces gens-là venaient du coin ? J'avais aussi envisagé de fixer mes sélections d'après les prénoms des protagonistes afin de me conformer à l'orthodoxie esthétique. Mais allez donc trouver chez les Chaubard un Gervais, chez les Solari un Guilhem, voire tout simplement un Mathieu Loupian ! Ces prénoms n'ont pas survécu aux modes.

J'en étais là de mes états d'âme concernant mon premier gibier quand la Providence — oui, la Providence ! — vint à mon aide, par le biais d'une conversation surprise au réfectoire entre les employés préposés à l'inscription. Le lycée possède deux réfectoires distincts, l'un réservé aux élèves, l'autre aux enseignants, auquel sont admis, par faveur insigne et démocratique, les personnels administratifs...

Ce jour-là, donc, j'enregistrai la véhémence indignée d'une de mes collègues, forte femme à l'opulente chevelure noire, à qui l'on avait fait la plus malhonnête des propositions. Qu'on s'entende, il ne s'agissait pas de lit, la dame étant blette et sans grâce, mais de corruption flagrante : on lui avait proposé de l'argent afin d'obtenir l'inscription d'un élève. Il faut dire que notre établissement est très recherché. N'y sont admis en seconde que les élèves dont les dossiers de troisième sont excellents, difficultés compliquées par ce que les augures du rectorat ont baptisé « sectorisation scolaire » : en théorie, ne sauraient être acceptés chez nous que les postulants dont le domicile se situe dans l'un des arrondissements limitrophes, liste arrêtée chaque année par les services académiques. Cette dernière mesure vise à contenir les candidatures dans des proportions raisonnables...

En théorie. En théorie, car, comme toutes les règles, celle-ci comporte des exceptions, devenues bientôt plus nombreuses que les cas ressortissant aux principes de base. Je renonce à exposer par le détail les pressions qui s'exercent en ce sens, venues de tous les horizons de la politique, de l'administration, voire de la littérature (la grande, bien sûr), des médias ou du show-biz. Ambition ou snobisme, on veut que son enfant sorte d'un établissement prestigieux. Mais pour en sortir, il faut y entrer, d'où sollicitations appuyées, magouilles sournoises et, on l'a vu, tentatives de corruption à tous les échelons de la hiérarchie ou de la procédure. Sans compter les visites multipliées au bureau des inscriptions, les supplications, les objurgations, les références menaçantes à telle ou telle autorité, houle récriminatrice battant sans relâche le vétuste comptoir de bois.

Elle râlait donc, la brave dame, devant son cassoulet, elle brandissait comme une pancarte syndicale l'étendard de son indignation. Elle, l'acheter ? Pour qui la prenait-on ? Trônant derrière son guichet en cerbère de l'indignation administrative, elle était de ces petits qui se rassasient des miettes des grands, de ceux pour qui le prestige s'acquiert par frottement à la manière du magnétisme. Et je me rappelais son exubérance, l'année précédente, lorsque le personnel s'était cotisé pour fêter la victoire remportée au Concours général par notre établissement sur le lycée concurrent. (Le proviseur, lui, ne payait jamais rien.) Cette victoire du Soleil sur la Poule au pot, c'était son triomphe personnel, elle se couvrait des paillettes d'une gloire dont le profit se serait totalement évaporé avant d'être retombé à son niveau...

Pauvre conne ! Elle aurait dû le savoir, pourtant, que plus haut, ce n'était pas du liquide qu'on acceptait, mais du solide, avantages de carrière, décorations flatteuses, et qu'on s'y bardait de moins de scrupules. Je questionnai, du bout des lèvres : « On vous a offert beaucoup ?

— Je n'ai pas demandé ! répliqua-t-elle dans un

fulgurant mouvement du menton. Je l'ai tout de suite envoyé paître, vous pensez bien ! Ce n'est pas parce qu'il est dans l'alimentation en gros que ce Chaubard peut tout acheter ! »

Il y eut autour de nous des applaudissements trop nourris pour ne pas couver une moquerie. Moi, je n'avais pas réagi. J'étais sidéré, tassé sur mon siège, l'appétit coupé, et dans mon assiette les haricots délaissés me contemplaient comme autant d'yeux oblongs d'une hydre toulousaine.

« Chaubard ? répétai-je faiblement.

— Oui, Chaubard, monsieur Brunel, Chaubard et compagnie, alimentation en gros.

— Épicier, quoi !

— En gros », insista-t-elle, comme pour mesurer à cet aloi commercial la grandeur de son mérite. « A ce qu'il m'a dit à peu près, il serait mandataire aux halles de Rungis. Vous parlez d'une garantie d'honorabilité ! Pourquoi, vous le connaissez ?

— Pas du tout. » Je repris aussitôt, d'un ton soigneusement détaché : « Avait-il au moins un bon dossier ?

— M. le Proviseur ne l'a pas encore examiné, répondit la dame. Il doit être sur le bureau de Mlle Saint-Aimé, en attente. » Elle ajouta agressivement : « De toute façon, il habite Gentilly, ce n'est même pas un Parisien. Il y a la sectorisation, non ?

— A qui le dites-vous », déclarai-je, benoît.

J'avais la gorge sèche, j'étais brouillé et je me hâtai de quitter la table. Une curiosité dévorante m'habitait, qui concernait moins la personnalité même de ce Chaubard que les accès possibles au crime ouverts à mon initiative dans le dossier scolaire de son fils.

Rien n'était possible durant les prochaines heures : bien trop d'allées et venues. L'après-midi s'étira pour moi interminablement. Je dormis mal, dans l'attente d'une aube fébrile, et le moment enfin arrivé, le concierge de l'établissement leva des sourcils surpris à me voir si tôt prendre mes fonctions. S'il savait que la période des inscriptions est une saison de travail intense, il comprenait mal qu'un documentaliste fût concerné par cette fièvre. Il eut cependant le bon esprit de ne poser aucune question. Je grimpai quatre à quatre au premier étage. Comme prévu, le secrétariat était ouvert à tout vent, pour ses ablutions matinales quotidiennes.

Outre les enseignants, ce qui va de soi, le lycée possède un personnel d'infrastructure, qui va des attachés d'administration et d'intendance aux femmes de ménage, en passant par les techniciens de laboratoire et les préposés au chauffage, ceux qu'on appelle globalement, dans le jargon du cru, les ATOS (administratifs, techniques, ouvriers et de service). Au dernier échelon des ATOS, on compte surtout des Portos, ce qu'Alexandre Dumas n'avait pas prévu. Lève-tôt, il m'arrivait de croiser ces braves femmes, maniant en virtuoses balais et serpillières. Je leur adressais alors quelques mots en un démocratique espagnol, qu'elles comprenaient peu, tout en me sachant gré visiblement de leur parler dans une langue sœur.

Elles ne furent pas surprises de me voir là. Pour elles, j'étais à ma place. Toutes les portes étaient ouvertes, et, dans le ronronnement de l'aspirateur, je me hâtai vers le bureau de Mlle Saint-Aimé. Ce parangon de secrétariat avait eu l'heureuse idée de classer les dossiers par ordre alphabétique avant de les soumettre à l'omniscient jugement de M. le Proviseur. J'y trouvai aisément celui de Chaubard. Le gosse s'appelait Ernest et, sur le plan des études, il avait l'air de se défendre, mais ce n'était pas ce qui m'intéressait. Je relevai le nom et la profession du père, mandataire aux halles de Rungis, ainsi qu'il me l'avait été précisé, et surtout son numéro de téléphone.

Ensuite, ma pudeur intime m'obligea à ne pas appeler Chaubard avant le soir, l'heure du dîner, où, de toute façon, j'avais le plus de chances de le joindre. La vertu peut-elle se montrer hypocrite à l'occasion ! Entendant cette voix à l'arrogance geignarde, je me sentis autant conforté que réconforté : cet homme n'était pas bon. Je déclarai, forçant la raucité de ma voix : « Monsieur Chaubard, vous avez sollicité l'inscription de votre fils dans certain lycée du cinquième arrondissement ?

— Oui, oui », répondit-il précipitamment, et, me sembla-t-il, avec plus d'exaspération que d'espérance. « Il y a enfin du nouveau ?

— Il pourrait y en avoir. Je suis bien placé pour promouvoir l'examen le plus favorable de son dossier, mais bien entendu, cela ne va pas sans compensations.

— Combien ? aboya-t-il au terme d'un court silence de réflexion.

— Patience, nous devrons d'abord en discuter. Il entre beaucoup de facteurs dans cette procédure parallèle, et j'aurai moi-même à susciter quelques complaisances. Pourrions-nous prendre rendez-vous ?

— Ouais, fit-il de mauvaise grâce. Où et quand ? C'est que je n'ai pas de temps à perdre, moi !

— Voilà un point qui nous est commun, mon cher monsieur. Je suggérerais donc après-demain matin, à cinq heures. Nous nous rencontrerions sur le pont des Arts, pour décider ensuite d'un endroit plus feutré. Discrétion oblige.

— Cinq heures ! glapit-il, mais vous déconnez à plein tube, mon vieux ! Vous me voyez, à cinq heures sur le pont des Arts ? »

Je ripostai placidement : « Eh, je vous imagine bien à cinq heures sur le carreau de Rungis, puisque vous êtes mandataire aux halles. Pour vous, la petite aube est déjà une heure chrétienne. Ce n'est pas comme moi, bureaucrate habitué, selon votre mythologie, aux somptueuses grasses matinées. Vous voyez que le sacrifice est pour moi. »

J'ajoutai, d'un ton beaucoup plus sec : « De toute façon, c'est ça ou rien. »

Il protesta mollement : « Mais je ne vous connais pas. Comment...

— Il n'y aura pas foule, cher monsieur. D'ailleurs, moi, je vous connais. Je vous ai vu au bureau des inscriptions. »

Là, je mentais, mais je me faisais fort d'obtenir de ma collègue vertueuse une description exhaustive de son suborneur. Ainsi tombâmes-nous d'accord. Chaubard venait de signer son arrêt de mort.

Quatrième soliloque

Restait l'exécution, au sens où l'on voudra bien l'entendre. Je le rappelle, Chaubard devait être expédié à l'arme blanche, pour ne pas déranger l'ordonnance du tableau brossé par Peuchet, auquel j'étais bien obligé de me référer. L'outil, je l'avais : un laguiole grand modèle rapporté d'un voyage touristique effectué en France verte quelques années auparavant. L'artisan folklorique qui me l'avait vendu n'aurait certainement gardé aucun souvenir de moi, s'il n'avait pas succombé au poids des ans. Et puis, aujourd'hui, grâce à la télé, les laguioles, ça court les rues. En tout état de cause, la chose faite, je m'en débarrasserais aussitôt, peut-être en le jetant dans la Seine, qui en a vu d'autres. D'ores et déjà, j'en avais aiguisé, à la meule manuelle, la lame et la pointe, tant à préparer soigneusement un crime, on finit par oublier qu'on doit le perpétrer.

Le facteur humain me posait plus de problèmes. Aurais-je les tripes ? Honnêtement, j'en doutais. Et, maintenant que l'échéance approchait, me revenait une tentation insidieuse, longtemps contenue par mon amour-propre : armer ma détermination de substituts chimiques. Quelques-uns trouvent leur courage dans l'alcool, d'autres... oui, les drogues. Enfin, certaines drogues, celles qui donnent à l'âme une dimension supplémentaire en abolissant ses inhibitions, en portant à leur maximum d'intensité les instincts les plus primaires, de la vie, de la survie, donc du meurtre. On dit que des kamikazes du terrorisme en prennent avant leurs missions. A dose plus homéopathique, peut-être pourrais-je y puiser le sang-froid et la résolution dont j'étais insuffisamment pourvu.

Mais voilà, où découvrir la potion magique ? Alors même que je me répétais que je ne connaissais personne dans cette redoutable filière, la pensée de mon cousin Brice affleurait à la surface des eaux troubles de mon subconscient. On le savait, au sein de la famille, que non seulement il buvait trop, mais encore qu'il taquinait la blanche et fréquentait les milieux douteux. Que lui raconter ? Je ne cherchai pas longtemps, connaissant le loustic et ses centres d'intérêt quotidiens.

Je n'ignorais pas où le dénicher : au petit bar américain où, dès la nuit tombée, il se replongeait assidûment dans la faune interlope parmi laquelle ses obsessions prenaient toute leur couleur. Le soir même me vit donc pousser une porte matelassée de cuir sur une atmosphère convenablement enfumée. Le moins qu'on pût dire, c'est que je n'entretenais pas avec Brice des relations privilégiées, mais enfin, nous ne nous étions jamais vraiment querellés, unis que nous étions plus ou moins dans notre optique à l'égard de Charles Loupian, son père et mon oncle, que nous détestions tous les deux.

Il m'accueillit avec une surprise de mauvais aloi. Moi-même le retrouvai tel qu'en lui-même, c'est-à-dire conforme à ses archétypes de base. A dix-neuf ans, et bien que né après la mort de Presley, il cultivait sa ressemblance hypothétique avec le King, comme quoi la nostalgie est toujours ce qu'elle est. Vêtements, mouvements du faciès, coiffure alambiquée, tout y était, et vu l'embonpoint précoce que lui avait déjà collé l'abus des alcools, il serait bientôt pareil à son modèle, chez qui la banane avait précédé le régime.

Ses amis, à peu près du même âge, affichaient, à en croire leurs tee-shirts, des options culturelles différentes, quoique très diversifiées. Tandis qu'il me présentait (« Il est de l'Éducation nationale... »), je crus déceler, à mon profond étonnement, une manière de fierté dans son timbre. Mais très vite je compris que sa démarche était contraire. Paradoxalement, il entendait prouver à ses compagnons de comptoir que, tout marginal qu'il fût, il restait sans préjugés, large d'idées, et d'une telle ouverture d'esprit qu'il condescendait parfois à fréquenter des fonctionnaires.

Je lui réclamai un peu d'isolement, ce qui nous conduisit à un box reculé, où toute la fumée du lieu semblait s'être donné rendez-vous. J'avais préparé mon laïus, mais lorsque je lui déclarai rechercher un produit qui me débarrasserait de mes inhibitions, il ne comprit pas. Je dus me montrer plus explicite : j'avais besoin de tous mes moyens physiques et intellectuels pour une entrevue qui, à mes yeux, revêtait la plus grande importance sur le plan... Je dis sentimental, il comprit sexuel et ricana : « En somme, tu veux, pendant une heure ou deux, pouvoir jouer les supermans, quoi ?

— En quelque sorte.

— Je peux avoir ça. Tu es disposé à mettre combien ?

— Dis-moi combien ça coûtera et je verrai. »

Il énonça un chiffre et j'émis un sifflement. Son regard se voila de colère (là, il ressemblait vraiment à Elvis Presley). « J'ai des frais, mon bon. Ce que je vais te donner, ce n'est pas du crack ou l'une de ces saloperies, tu sais. A la limite, ce n'est même pas de la came, c'est un vrai médicament, que me procure un copain qui poursuit des études de médecine, il est même interne dans un des hostos de Paris. Un remède costaud, fais-lui confiance, mais il peut être coincé, il y a une prime de risque. »

A peu près persuadé que Brice empocherait le plus gros de la somme, je questionnai : « Tu me garantis le résultat ? Tu l'as essayé, toi ? »

Il haussa les épaules. « Pas moi. Je n'ai jamais eu besoin de ça, mais si ça doit te tranquilliser, tiens, Germaine en a pris. »

Je sursautai. « Ta sœur ? Pourquoi ? »

Il partit d'un rire long, bas, très désagréable. « Figure-toi que cette cruche s'est amourachée d'un type. Elle veut l'épouser. Elle a avalé ça avant d'affronter mon père, pour lui tenir tête, garder tous ses moyens pendant la discussion.

— Et ?

— Et fiasco, bien sûr. Mon père est têtu comme une mule, tu le sais. Il n'a rien voulu savoir.

— Le type est pauvre ?

— Of course ! Quoiqu'il ait de l'avenir. Il est intelligent, travailleur, il étudie d'arrache-pied. Un jour ou l'autre, il sera docteur.

— Ce ne serait pas ton copain carabin, par hasard ? »

Il me fit la bouche mauvaise d'Elvis dans *Bagarre au King Creole.* « Qu'est-ce que ça peut te faire ? Ça n'a rien à voir.

— Tu as raison, répondis-je, curiosité déplacée. Note que ça ne m'étonne pas. Ton père ne cherche qu'à vous brimer depuis que vous êtes nés. Si ce n'est pas indiscret, il a donné quoi, comme excuse, que l'autre n'a pas le sou ou qu'elle est trop jeune ? »

Brice marqua une hésitation imperceptible. « Non. Ce type... disons qu'il n'est pas tout à fait blanc.

— Il a un casier ?

— Le casier de l'oncle Tom, ouais ! Si je dis pas tout à fait blanc, je parle de sa peau... un peu de sang noir, des ancêtres antillais.

— Et ton père voudrait des petits-enfants présentables ?

— Va savoir ! D'ailleurs, peut-être qu'il les

aurait, ce con ! Edmond est un beau gosse, à peine teinté, bien bâti et très fin. Il se fait toutes les filles qu'il veut. »

Je voyais : beaucoup plus Harry Belafonte que Memphis Slim. Au demeurant, je n'étais guère surpris, c'était bien dans la ligne de pensée de mon oncle Charles, raciste en plus de tout le reste. « Alors ? reprenait Brice, impatient.

— D'accord. J'aurai besoin de ces amphétamines pour demain soir, dernier délai.

— A cinq heures ici, cinq heures de l'après-midi. Tu auras le fric ?

— Je l'aurai. Tu es sûr que c'est efficace ? »

Il leva le pouce en l'air. « J'aurais voulu que tu assistes à la baston entre Germaine et mon père. D'habitude, elle est du genre moule, mais quand il lui a balancé qu'elle avait plus d'avenir chez Olida que dans le mariage, on a dû l'entendre brailler dans tout l'arrondissement. Alors crois-moi, si ça a donné du ressort à un boudin, ça peut faire bander une asperge ! »

On l'aura remarqué, à défaut d'humour british, ce garçon maniait une gouaille plébéienne que je trouvais du dernier mauvais goût.

Cinquième soliloque

Je me souviens de ces deux jours comme d'un rêve déjà lointain : le rendez-vous avec Brice, la petite boîte qu'il me tendait sans aucune de ces précautions qu'on voit à ce genre d'échanges sur le grand ou le petit écran (pas de rencontre hâtive dans les cabinets, pas de geste furtif sous la table, on aurait dit qu'il me refilait des pastilles pour la toux), et ensuite ma nuit sans sommeil, jusqu'au moment où j'avalai mon stimulant, mélange harmonieux, semblait-il, d'antidépressifs et d'amines de réveil.

Puis ce fut la marche solitaire et hantée jusqu'au pont des Arts, le couteau ouvert serré dans ma main au fond de ma poche. Je me trouvais, comme on dit un peu facilement, dans un état second. Je planais, j'enregistrais les sensations extérieures comme à travers un écran, et même la fraîcheur de l'aube n'arrivait pas à me faire frissonner. Ce fut en spectateur détaché que je vécus la scène finale, le laconisme du dialogue, le déclenchement automatique d'un geste longtemps projeté et répété. Qui a dit qu'il était difficile de tuer ? Le laguiole est entré dans Chaubard aussi facilement qu'une lame chaude dans du beurre. Le coup porté, je fis effectuer un quart de tour au couteau pour accélérer l'hémorragie, et, dans le même élan dont je le retirai, le lançai d'un geste large par-dessus le parapet du pont. Le « plouf ! » ne me parvint qu'après une brève éternité d'attente. Je regardai autour de moi. Rien. Pas un passant. Une sérénité de commencement du monde, à peine troublée par de lointaines respirations de moteurs.

Sur le chemin du retour, j'ôtai mes gants, que je jetai à l'égout par une ouverture du caniveau.

Sixième soliloque

Je n'avais pas dormi la nuit précédant mon crime. Je ne dormis pas durant la suivante.

Non que j'eusse des remords. A trente ans bien passés, j'avais déjà compris que la vie des autres n'a que la valeur qu'on veut bien lui reconnaître. On frémit une demi-seconde à la vue d'un accident de voiture sur une route d'Indre-et-Loire, bien filmé par la télé, mais le fait que cinq cents Chinetoques aient avalé leur natte pendant une crue du Yang-tsé apparaît au cœur blasé du Français moyen comme l'expression d'une statistique. Aucune passion, d'ailleurs, chez moi. Je n'ai pas, pour l'humanité, l'exécration pathologique d'un Maldoror, et à vrai dire mes semblables m'inspirent trop d'indifférence pour que leur souffrance m'apporte du plaisir.

Non que j'eusse des craintes. Qui pourrait me soupçonner ? Le seul risque que j'avais pris ressortissait au flagrant délit, le flag comme disent les snobs du polar. Et j'en avais prévu toutes les précautions. Le reste, l'enquête, les investigations scientifiques ou psychologiques, ne me causait guère de souci. Aux yeux de la loi (mais Thémis n'a-t-elle pas un bandeau sur les yeux ?), je n'avais ni mobile ni opportunité. Donc, pas besoin d'alibi. Chaubard, c'était la première fois que je le voyais. Aucun point commun n'existait entre nous, sauf, bien sûr, le livre de Peuchet, mais ça, il fallait le savoir. Enfin, l'arme avait disparu, et je n'avais pas laissé d'empreintes sur le corps. On eût attribué le crime à un rôdeur si j'avais eu soin de lui ôter son portefeuille. Or, je ne l'avais pas fait, justement parce que je tenais à ce qu'on vît à ce meurtre des motifs personnels, ce qui, dans un sens, était faux, mais dans l'autre ne l'était pas. J'avais mis en application le système prôné par Chesterton, d'ailleurs emprunté à un maître du crime, Thomas de Quincey, pour qui, par exemple, le roi de Suède Gustave-Adolphe avait bel et bien été personnellement assassiné sur le champ de bataille, meurtre individuel camouflé dans le massacre collectif de Lützen.

Sur le chemin du retour, ce matin-là, je n'avais pas consulté la presse, pour qui il eût été trop tôt, mais à 13 heures, après le réfectoire, j'avais acheté *France-Soir.* L'affaire y était rapportée pour l'importance qu'elle semblait présenter : un meurtre commis sur M. Chaubard, important commerçant de Rungis. Aucune hypothèse n'était retenue, sinon celle d'une agression commise par un rôdeur qui, sans doute dérangé, n'avait pas eu le temps de dévaliser sa victime. Mention n'était pas faite de ma petite pancarte, ce qui m'ennuyait un peu.

Heureusement, rentré le soir chez moi, je trouvai une consolation dans l'émission régionale de 19 heures sur FR3. On daignait enfin déceler sous le meurtre anonyme un mystère plus alléchant pour l'esprit, avec l'inscription SOUVENEZ-VOUS DE MONTE-CRISTO, mais à ce propos l'on évoquait sans imagination l'acte d'un fou. En tout cas, il y avait une brève plongée des caméras dans la cour du Quai des Orfèvres. On y entrevoyait fugacement le fonctionnaire chargé de l'enquête, un commissaire, je pense, dont le commentateur avait négligé de mentionner l'identité : un homme grand, mince, à la cinquantaine distinguée, aussi élégant qu'une gravure de mode britannique. Il n'avait pas l'air trop bête. Enfin, pour un flic.

Septième soliloque

Je me trouvais confronté maintenant avec le problème suivant, qui s'appelait Solari. Et j'en étais toujours, si j'ose dire, au point mort : sur quels critères choisir ma victime ? Je l'ai dit, selon le Minitel, il y en avait à Paris plus d'une vingtaine, et tant qu'à en supprimer un, j'eusse souhaité que ce ne fût pas un type bien. Où la morale judéo-chrétienne va-t-elle se nicher ! Je l'avoue, le meurtre de Chaubard m'avait traumatisé, et je me voyais mal renouvelant une telle performance. Heureusement, l'exécution à venir exigeait moins d'engagement physique, puisque Solari devait être empoisonné. Le poison, l'arme des femmes ! proclament les misogynes. Le poison, l'arme des médecins, soulignent les spécialistes, parce qu'ils en ont tous dans leur armoire à pharmacie. Mais surtout l'arme des faibles, dont j'étais.

A l'aube du troisième jour après mon crime, j'avais regagné mon perchoir culturel, et je me replongeais dans la bible de Peuchet. Si, pour Chaubard, j'avais eu des précisions, pour Solari, la relation restait plus elliptique : on l'avait simplement découvert empoisonné à son domicile. Enfin, là ou ailleurs, il n'était peut-être pas indispensable de respecter ce point à la lettre, et mon plan gagnerait à suivre les grandes lignes plutôt que se perdre dans les détails. Ce ne serait pas ce policier aux allures britanniques qui s'en préoccuperait.

Ma nouvelle lecture me procura un autre sujet de méditation. Il me fallait écarter Germaine — ainsi que Brice, bien sûr — avant d'en arriver au principal intéressé, mon oncle Charles, mais la liquidation physique était-elle nécessaire ? Après tout, même chez Peuchet, ce n'était pas le cas. Il y était dit que la fille Loupian — Thérèse, dans le texte — était séduite par un faux prince, qui se révélait ultérieurement un vrai galérien. Le déshonneur, plus l'opprobre. Quid d'aujourd'hui ? Germaine, héritière spirituelle (!) de Thérèse, à défaut d'avoir été séduite par un forçat évadé, mais blanc, l'avait été par un honorable étudiant, mais un peu noir. Pour un raciste comme l'oncle Charles, l'un valait sans doute l'autre. Il était tout à fait dans sa tournure d'esprit de déshériter sa fille si celle-ci épousait son carabin café au lait. En ce cas, non seulement le canon serait respecté, mais je m'évitais un meurtre déplaisant.

Je ne demandais pas mieux, moi, de concéder l'existence à cette brave Germaine, à défaut de quotité disponible ! Si l'on achève bien les chevaux, on peut laisser vivre les oies. Bref, il fallait voir...

A 9 heures, j'allai faire un tour au secrétariat. J'avais l'âme troublée, l'estomac brouillé, l'humeur morose, et la fièvre que j'y rencontrai m'irrita curieusement. Ma collègue, la vertueuse virago, pérorait au milieu d'un auditoire subjugué, auquel participaient le censeur, et même le proviseur, sorti pour l'occasion de son bureau feutré. Elle l'avait bien connu, elle, ce malheureux assassiné sur le pont des Arts, elle lui avait parlé, et d'ailleurs... Je recevais ces paroles à travers un brouillard, et ma conscience avait tant de mal à les digérer que je résolus de mettre fin à cette logorrhée. « Hein, monsieur Brunel, vous vous en souvenez ? Nous en avons discuté, au réfectoire ! »

Je dis, d'un air détaché : « Il s'agit de ce malheureux qui s'est suicidé avant-hier matin ? »

Un silence de plomb tomba dans le bureau. Puis le censeur déclara, d'un timbre amorti par l'effarement : « Mais il semble qu'il ne s'est pas suicidé, monsieur Brunel. La police pense à un crime de rôdeur.

— Un rôdeur qui aurait négligé de dévaliser sa victime, mais qui aurait en revanche pris la peine de déposer une pancarte vengeresse près du cadavre ? Vous trouvez ça vraisemblable, monsieur le Censeur ?

— Mais on n'a pas trouvé l'arme », piailla faiblement l'incorruptible.

Je m'installai avantageusement sur le coin d'un des bureaux afin de développer ma théorie : « Voyez-vous, chère madame, monsieur le Proviseur, monsieur le Censeur des études, c'est là l'A.B.C. de la machination criminelle. On attache au manche du couteau l'extrémité d'une cordelette. A l'autre bout, un poids quelconque On se place contre le parapet, avec le poids pendant à l'extérieur. Quand on se fait hara-kiri, le couteau, entraîné par le poids, tombe à l'eau, où il disparaît.

— Et pourquoi cette mise en scène ?

— Les assurances-vie, répliquai-je d'un ton définitif. Elles ne marchent pas en cas de suicide. Le malheureux avait peut-être l'esprit d'un corrupteur, mais le cœur d'un bon père de famille... » J'ajoutai, imperturbable : « Il y a des gens qui attachent beaucoup d'importance à ce qui en a peu. Peut-être que, chez cet homme, il était primordial que son fils soit inscrit chez nous. Il voyait l'affaire déjà mal engagée, et là-dessus, chère madame — je tendis mon index —, vous le rembarrez de telle façon qu'il sort d'ici titubant, défait, le moral à zéro...

— Moi ? » s'écria-t-elle douloureusement, sa main aux ongles carminés plaquée sur sa volumineuse poitrine.

« Eh oui, c'était, si j'ose dire, la goutte d'eau qui donne le coup de grâce. »

Je ressortis du secrétariat avec la satisfaction d'avoir détruit sa paix quotidienne. Mais je n'avais pas retrouvé la mienne pour autant.

Huitième soliloque

Et, peut-être parce que je me sentais déprimé, je repensai à mon oncle Charles, frère cadet de ma défunte mère. Rien de mieux que la haine pour renflouer le moral ! Les Loupian étaient les rejetons d'une famille dont la fortune, due aux brasseries, remontait au XIXe siècle. Et, dans l'histoire de cette longue dynastie du fric, je n'avais pas manqué de voir une coïncidence troublante avec certains détails de la chronique de Peuchet. En 1807, c'était grâce à l'infamie commise aux dépens du sieur François Picaud que le cafetier Loupian avait pu donner des ailes à son ambition, son petit café de la place Sainte-Opportune devenant le plus bel établissement de restauration des boulevards parisiens. Alors, de là aux brasseries... La famille de ma mère étant sans doute l'héritière de ce dol, je trouvais à l'histoire un amer retour de justice.

Car c'était une authentique crapule que mon oncle Charles. J'ignore comment il s'y était pris, mais à la mort de mes grands-parents maternels, par des manipulations juridiques retorses, il s'était arrangé pour capter à peu près tout l'actif familial, ne laissant à sa sœur aînée, épouse d'un modeste V.R.P., que le minimum prévu par la loi. Mon père décédé lors d'un accident de voiture, ma mère avait mal supporté à la fois ce veuvage et cette ruine. Elle en avait perdu le goût de vivre comme l'appétit, jusqu'à cette fatale atonie du tube digestif, dont elle s'était laissée mourir en quelques mois. On avait tenté de la soigner avec un médicament robuste à base de strychnine, produit réputé pour son action sur ce qu'on appelle en anatomie les fibres lisses, mais elle avait toujours rechigné à le prendre. Il m'en était resté quelques flacons, plus un compte-gouttes spécialement conçu pour une administration sourcilleuse, car dépasser la dose, prescrite à taux infinitésimal, était plus que dangereux pour le patient. Je me disais parfois que, si les années avaient peut-être atténué les vertus curatives de ce remède, les vertus létales de la strychnine y devaient, elles, avoir conservé leur nocivité initiale. « Ne pas dépasser la dose prescrite. » Tu parles !

« Pour Solari », décidai-je.

Mais Solari me ramenait à l'oncle Picsou, demeuré tout de même le point d'orgue de ma quête. Je me demandais souvent ce qui, chez moi, était le plus exigeant : l'appétit d'argent, donc de puissance, ou la haine, la bonne haine, rouge, viscérale, tonique, nourrie depuis l'adolescence avec les griefs ressassés par ma mère, puis, plus tard, avec ceux ressortissant à la personnalité même de l'individu considéré.

Mon oncle, veuf comblé de richesses, jouissait, à cinquante ans passés, d'une santé sans failles, bardée de réussites et d'égoïsmes. Sans égards pour personne, sa misanthropie active et vigilante n'épargnait même pas — surtout pas — sa famille. Tout ce qui, chez d'autres, pouvait passer pour de la mansuétude, prenait chez lui les allures de l'arrogance. Ainsi n'avait-il à mon égard, petit fonctionnaire sans avenir, que railleries et ostensible pitié, mais prenait-il le soin de m'inviter régulièrement dans sa luxueuse résidence du Vésinet pour fêter mon propre anniversaire, moyen d'asseoir sa supériorité et sa puissance. Moi, si j'acceptais l'invitation, c'était moins pour les agapes ironiques qu'il me dispensait, que pour le plaisir pervers de sentir pousser et grandir mon aversion au fumier de ses humiliations.

A propos d'anniversaire, d'ailleurs, mon oncle Charles observait un rite curieux, bien significatif de sa mentalité : il éloignait ses enfants afin de le célébrer seul, dans le splendide isolement qui est l'apanage des êtres d'exception. Il possédait une très belle cave, garnie des vins les plus cotés, millésimés, parmi lesquels il choisissait chaque année la bouteille correspondant à son âge. C'était son luxe à lui, son élégance du palais... enfin, dans la mesure où il ne trichait pas. J'avais reçu un jour la confidence d'un Brice excédé par l'autorité paternelle, et qui avait remarqué, dans la poubelle de la villa, le cadavre de la bouteille dégustée la veille à l'occasion d'une de ces liesses somptueusement solitaires : le millésime ne correspondait pas à l'âge de son père. Ce financier aux appétits de requin s'était rajeuni d'un an, comme si le temps, lui aussi, était à vendre !

J'avoue qu'à découvrir cette faiblesse je m'étais senti plein d'une joie trouble, mauvaise, presque féroce. C'était là un talon d'Achille que je me réservais d'exploiter un jour, sans bien savoir encore comment.

Au reste, l'oncle Charles n'ignorait rien des sentiments négatifs qu'il inspirait à son entourage. Au contraire, il s'en flattait, s'en repaissait, en faisait le moteur de son allégresse quotidienne. Le mien, de moteur, c'était ce plan mijoté de longue date et déjà mis en œuvre, *Le Comte de Monte-Cristo* projeté pour la police, tandis que je jouais *Noblesse oblige.* Désormais, la mort de mon oncle ne suffisait plus à mon ego. Il fallait, pour que ma revanche fût complète, qu'elle s'assortît de profit, d'un profit intégral, exhaustif, à la mesure des spoliations que j'avais subies. Au fond, je crois que j'avais fini par devenir comme lui, ce qui était bien normal puisque, après tout, nous étions du même sang. Seulement, lui, il avait les moyens d'assumer son égocentrisme forcené. Moi non.

Enfin, pas encore.

Neuvième soliloque

J'ouvris peu après la chasse aux Solari. Le Minitel m'en indiquait une vingtaine, rien qu'à Paris, et je prévoyais une longue quête avant d'arriver à la dernière sélection. Il m'était, en effet, interdit de recourir à une agence de police privée, dont le témoignage me désignerait d'office, le crime accompli, aux suspicions de la poulaille. Il me fallait agir seul. Et prudemment. Les proches de la victime, famille, amis, relations, devraient ignorer mon existence.

J'y passai trois mois de mes soirées, en filatures discrètes, explorations des entrées d'immeubles, visites anonymes aux entreprises diverses où ces gens exerçaient leur métier ou leur industrie. Heureusement, mon emploi du temps était assez élastique pour me laisser beaucoup de liberté. En fait, je n'étais tenu qu'à quatre heures de présence effective quotidienne, pour assurer la réception des élèves des classes préparatoires désireux de potasser certains ouvrages.

Le Minitel m'avait fourni les prénoms, les adresses, et parfois les professions. De boîte aux lettres en appartement, de cantine en restaurant, de garage en autobus ou en métro, je découvris des Solari fastueux et des Solari minables, des à qui je n'aurais pas voulu serrer la main et des dont l'amitié m'eût honoré (ces derniers, bien entendu, je les éliminais *ipso facto* de ma liste, car j'ai de la morale), des qui en jetaient et des chez qui la personnalité était à ce point éteinte que même un meurtre ne pourrait les sortir de l'anonymat. Des Solari de tous âges, de toutes professions, de toutes origines sociales. Mais pas de tous sexes : je devais tuer un homme...

L'un d'eux retint un moment mon attention. Il réunissait tous les critères souhaités. Il était louche, déplaisant, veule, apparemment paresseux et porté aux combines. Mais je découvris bientôt qu'il avait préféré au milieu du travail le travail du milieu, et que je risquais de me mettre la Mafia à dos : c'est une organisation qui apporte au dialogue encore moins de formes que la police. Trop dangereux, je laissai tomber.

Dix, onze, douze, je piétinais et j'enrageais. Un jour, au hasard de mes pérégrinations, j'aperçus Germaine. Suivant des études de lettres inconvaincantes et inconvaincues dans l'une des nombreuses U.E.R. de la Sorbonne, elle arpentait la rue des Écoles, un bagage sous le bras aussi mince que celui de ses neurones. Puisque j'y étais, je la suivis, dans la perspective lointaine de réunir quelques données relatives à cet héritage dont j'entendais la frustrer. Elle avait rendez- vous dans un café de la rue Champollion avec celui que j'identifiai aussitôt comme le dénommé Edmond, étudiant en médecine, par qui j'avais pu obtenir, via Brice, les amphétamines salvatrices.

Mon cousin n'avait pas exagéré. Edmond était de ces superbes métis auxquels les croisements successifs donnent de la santé et de la classe, leur laissant juste les caractères génétiques nécessaires à la séduction exotique, en effaçant chez eux toute référence à ce cocotier originel si souvent évoqué par les racistes. Un teint presque clair, une stature élégante, des yeux de velours et, sous des cheveux noirs étonnamment lisses, un profil fin et racé. A côté, la pauvre Germaine faisait penser à une mite blondasse, avec sa silhouette sans grâce et un visage dont le moins qu'on pût dire était qu'il n'avait rien de botticellien.

J'acquis immédiatement la conviction que cet Adonis doré était un coureur de dot. Car comment pouvait-on tomber amoureux d'une Germaine alors qu'un physique exceptionnel vous assure, comme dit l'autre, des ouvertures auprès des plus belles filles ? (Il n'y avait qu'à voir les regards de celles qui croisaient sa route !)

Je les observai, de l'autre côté de la rue, à travers l'une des vitres de l'établissement. Ils se parlaient d'un air pénétré, sans afféteries sentimentales apparentes, les deux profils tendus par une sorte de fièvre contenue. Quelle impulsion me saisit alors ? Je me vis poussant la porte du café, m'accoudant au comptoir et commandant un express, sans avoir paru remarquer ma cousine. Pendant tout le temps que je buvais, je sentis son attention peser sur ma nuque. Ayant payé, je me retournai, prétendument pour partir, et c'est alors que nos regards se croisèrent. J'affichai une surprise de bon aloi, conjuguée avec le sourire le plus franc possible.

« Tiens, Germaine, tu es dans le quartier ?

— Eh bien, et toi ? répondit-elle mollement.

— Moi, je travaille juste à côté, tu sais bien, mais tu vois, j'ai des moments de pause... »

Edmond suivait notre échange, ses yeux allant

de l'un à l'autre, dans une réserve que je sentis méfiante. Finalement, Germaine se décida aux présentations.

« Un ami, Edmond.... Mon cousin César. »

Eh oui, c'est mon nom, tout le monde ne peut pas s'appeler Vercingétorix ! Je me penchai pour serrer la main qui m'était tendue, étreinte vigoureuse sans excès.

« Enchanté », dit Edmond, me scrutant, si j'ose dire, du bout des lèvres.

Il devait savoir qui j'étais, tout en se demandant si je savais qu'il savait. Brice n'était pas renommé pour sa discrétion, mais Edmond s'abstint de toute allusion aux amphétamines, tandis que Germaine me proposait, sans entrain : « Tu veux t'asseoir une minute ? »

J'esquissai une dénégation polie. « Merci, il faut que je rentre, j'ai encore du classement à faire. Bonne soirée. »

Ils me rendirent le souhait, Edmond avec de la distance, Germaine plus chaleureuse pour des raisons que je supputais sans peine : elle n'ignorait pas que son père et moi ne nous aimions pas, et les ennemis de nos ennemis étant nos amis... Dans le même temps, mes cellules grises fonctionnaient à plein. Je souhaitais que mon oncle déshéritât ses enfants, et en ce qui concernait Germaine, il ne le ferait que si celle-ci épousait son quarteron. Mais pour que mon plan fonctionnât, il fallait que ni elle, ni surtout lui, ne fussent tenus au courant d'une telle mesure, parce que alors Edmond plaquerait aussi sec cette Vénus dont le seul attrait restait d'ordre financier. A voir...

En tout cas, je me disais qu'il ferait un très beau maquereau, car contrairement à ce que croit un vain peuple, ce n'est pas toujours la fonction qui crée l'organe, mais souvent l'organe qui suscite la fonction.

Dixième soliloque

Quatre mois d'investigations fastidieuses m'avaient enfin fourni mon Solari ! Prénom : Hubert. Profession : cadre dans une grande agence de publicité des Champs-Élysées. Domicile : un bel immeuble des quartiers chic, où je lui supposais le duplex design classique dans le vent et la mode. Célibataire, sans doute fils à papa, avec une voiture de sport rutilante.

Il déjeunait près de son travail, très rapidement et seul, dans un grand snack bondé où l'on ne s'entendait pas. J'y avais donc pris mes habitudes, sous un incognito que protégeait la foule compacte et vociférante qui se pressait entre les tables. Je m'arrangeais pour ne jamais être très loin de mon gibier, enregistrant chacun de ses propos, d'une grande banalité, échangés au passage avec quelques commensaux, des collègues pour la plupart.

Après un mois d'affût patient, qui avait fini par me dessiner les contours de sa personnalité, je me disais que, décidément, sa disparition ne serait pas pour l'humanité une perte irréparable. Je l'avais vu discuter, parfois âprement, parfois servilement, le menton haut en face de certains, le front bas devant d'autres, selon leur position dans la hiérarchie de l'entreprise. Mais mangeant toujours seul, d'un steak ou d'un plat du jour, arrosés d'un grand gobelet de bière dont il avalait la moitié d'un seul coup, au début du repas. Il affectionnait une place solitaire, située derrière un muret décoratif non qu'il semblât avoir du goût pour l'anonymat, mais parce que, de là, il pouvait voir qui entrait, afin de mieux composer son personnage.

Bref, il était de ces jeunes loups feutrés, qui aiment mieux se servir de la langue que des crocs. Avoir le ventre usé par la démarche, se mettre dans les petits papiers des grands, ménager la chèvre, le chou et M. Séguin, constituaient sans doute son évangile quotidien, et je lui soupçonnais assez peu de pudeur intime pour ne pas se demander, après beaucoup d'efforts et peut-être peu de résultats, si, tout compte fait, la lèche valait ça, comme disent les Polonais.

Pendant quelques jours, ma décision arrêtée, j'examinai les lieux. Il s'agissait d'un très grand snack, dans le haut de gamme. Passé une porte battante, on trouvait un couloir carrelé où ouvraient les toilettes et trois cabines téléphoniques à carte, ce qui impliquait trois lignes. Restait l'arme du crime. Selon Peuchet, Solari avait été empoisonné, donc aucun problème : j'inventoriai ma réserve de médicaments à la strychnine. A en juger par les doses infimes qui avaient été prescrites à ma mère, un seul de ces flacons, si minuscule fût-il, devait suffire à bousiller un dinosaure. Alors, un cadre de la pub !

Je décidai d'en porter toujours un sur moi, en cas d'occasion inopinée. Pour Solari, le calendrier restait ouvert. A moi de voir...

Et ce que je voyais déjà, c'était les titres de la presse :

MONTE-CRISTO A ENCORE FRAPPÉ !

LE SERIAL KILLER ROMANTIQUE...

QUEL LIEN Y A-T-IL ENTRE LES VICTIMES ?

... après Solari, bien sûr, mais surtout après mon oncle ! Tous les flics se replongeraient dans la lecture du *Comte de Monte-Cristo*, sans y trouver beaucoup d'indices, tant Alexandre Dumas avait voulu un vengeur plus subtil que celui qui lui avait servi de modèle : forcément, il travaillait sur le papier ! Il n'en resterait, pour les esprits simples, que l'histoire d'un homme poursuivant une vengeance dont l'origine se perdait dans les brumes d'un passé enfui. Ce qui, bien entendu, était faux. Mon oncle d'accord, mais Chaubard et Solari non, ce qui ferait justement la base de mon impunité.

A dire vrai, l'idée d'utiliser pour mon compte personnel le thème rebattu du serial killer m'amusait beaucoup. Il y en avait eu pas mal dans l'histoire criminelle, mais c'était surtout la littérature qui lui avait donné tout son lustre. Encore que, dans ce domaine, on eût oublié les grands anciens, qu'on ne rendît pas à César ce que je considérais comme m'appartenant. Avant les allumés de Missoula, il y avait eu tout de même Paul Féval, dont le Bossu dépêchait, un par un, tous ceux qui se trouvaient certaine nuit dans les fossés du château de Caylus ; il y avait eu Jean Giono et son roi sans divertissement, qui trompait son ennui à tuer les bergères ; Agatha Christie, initiatrice d'un Bronson insulaire dégommant les dix petits nègres épargnés par une justice trop lacunaire ; sans compter Stanislas-André Steeman, de qui l'assassin habitait au 21, Russel Square. Et beaucoup d'autres...

Et moi maintenant. J'ajouterais à l'édifice criminel une pierre qui ne serait pas piquée des termites.

Onzième soliloque

Suis-je assez dénué d'égocentrisme ! A trop concocter l'ajournement *sine die* du prochain anniversaire de l'oncle Charles, j'en avais oublié le mien. Ce fut lui qui me le rappela. Je l'ai dit, il entrait dans ses rites intimes de se vouloir le pivot tutélaire d'une famille que, par ailleurs, il méprisait cordialement. Mais l'image qu'il se faisait de lui-même exigeait cet apparat, ces hypocrisies, ce simulacre qui lui forgeait une bonne conscience familiale, comme certains patrons exorcisent leur conscience sociale avec l'arbre de Noël du personnel.

Donc, il « m'offrait » toujours mon repas d'anniversaire. Je puisais à ces cérémonies fallacieuses de nouveaux motifs d'aversion, si bien que c'était devenu pour moi une manière de nourriture affective dont mon ego avait besoin pour se maintenir en bon état. Quant à la nourriture terrestre, rien à redire, c'était toujours fastueux et d'une qualité exceptionnelle. Je me dois de le reconnaître, si mon oncle se montrait férocement cupide, il n'était pas pingre. Fine gueule, jouisseur éclairé, amateur de très jeunes femmes et de très vieux vins, ni les unes ni les autres en vente au supermarché du coin, il ne craignait jamais de succomber aux excès les plus dispendieux, quitte à écorner mon patrimoine en puissance.

Et que dire de sa propriété du Vésinet ? Aménagée par des décorateurs haut de gamme, elle magnifiait l'accueil. Au-delà des attributs habituels de ce genre de résidences, grille électronique, allée sablée sous des frondaisons murmurantes, sa somptuosité intérieure répondait aux goûts les plus exigeants : équilibre des bois et des verres, contrepoint raffiné du fer forgé, perspectives délicates auxquelles le judicieux dialogue des miroirs donnait une profondeur subtile, je ne pouvais m'empêcher d'admirer, une espérance secrète me chuchotant régulièrement qu'un jour — peut-être — tout cela serait à moi.

Ce fut dans cette optique de trouble optimisme que je me présentai ce soir-là à la grille, avec ma Renault de série. Je n'avais pas le code d'entrée. Si mon oncle était prodigue d'espèces, il se montrait toujours avare d'informations. Par l'interphone, je m'annonçai donc à Marcel, son factotum, ectoplasme domestique, parangon des vertus effacées, choisi pour son éclatante absence de personnalité. Très efficace, toutefois : peut-être le garderais-je.

J'avançai jusqu'au porche éclairé, où je me rangeai sur l'aire réservée aux voitures des visiteurs. Marcel m'ouvrit, confit en distinction feutrée, son visage ridé couvant une inaltérable amabilité. Il me débarrassa de mon pardessus.

« Monsieur vous prie de l'attendre au bar », me dit-il, de sa voix au diapason étudié. « Il ne va pas tarder. »

Une nuance indéfinissable de l'atmosphère, dans le silence épais de la maison ou dans le timbre trop étale du vieux serviteur, m'alerta : le temps était à l'orage. J'en eus immédiatement la confirmation. Brice était déjà installé sur un tabouret dans un équilibre douteux. Je lui vis l'œil terne et la banane fripée.

« Tu as l'air bien grave, lui fis-je poliment remarquer.

— Je suis grave mais pas désespéré », répondit-il d'une voix difficile en levant son verre au liquide ambré. « Je trinque au vrai cousin et aux faux amis...

— Ce peut être les mêmes », répondis-je, prenant place près de lui devant le comptoir. « Nous avons tous en nous quelque chose des Atrides. Ton père n'est pas là ?

— Il est comme les stars, ricana Brice, celui qu'on attend. Sers-toi ce que tu veux. »

Je me versai un peu de gin, que je noyai dans de la glace pilée. Je ne suis pas très alcoolo.

« Qui est le faux ami ? »

Il leva un doigt sentencieux. « Le faux ami est celui qui vous encourage dans le vice pour mieux vous laisser tomber lorsqu'il s'agit de l'assouvir. »

Je n'y comprenais pas grand-chose, mais une porte qui s'ouvrait derrière moi me dispensa d'enchaîner. C'était Germaine, dans une robe très cintrée couleur jais. Dardant sur nous un regard glacé, elle nous gratifia d'un reniflement de mépris avant de disparaître.

« Pourquoi est-elle en deuil ? demandai-je

— Elle n'est pas en deuil, éructa Brice, le regard torve, elle a entendu dire que le noir mincit, mais tu vois, ça reste à prouver. »

Il y avait de l'eau dans le gaz entre ces deux-là. Sans bien savoir pourquoi, je pensai à Edmond. Après avoir été la pomme d'amour, serait-il devenu pomme de discorde ?

Je questionnai, pour ne pas laisser tomber l'ambiance : « Et Baskerville ? Je ne l'entends pas. »

Baskerville, c'était le chien des Loupian, un basset cacochyme aux yeux chassieux, hérité de feue Mme Loupian, qui compensait l'indifférence des hommes par l'amour des animaux. Mon grand sujet d'étonnement était d'ailleurs que l'oncle Charles ne s'en fût pas débarrassé. Il est vrai que c'était un gardien remarquable, sinon sur le plan de la défense, du moins sur celui de l'acoustique : il pouvait faire à lui seul autant de bruit que les trois gueules du Cerbère.

« Au placard ! jeta Brice. Tu sais qu'il hurle à perdre haleine dès qu'il entend quelqu'un dans la maison.

— Pas avec moi.

— C'est vrai, gloussa Brice. Avec toi, il n'aboie jamais. Tu as donc au moins un ami ici. Au fait, c'est toi qui as sonné, non ? Tu n'as pas le code d'entrée ?

— Figure-toi que ton père ne me l'a jamais donné.

— Eh bien, moi, je te le donne ! » lança-t-il, comme en défi à quelque interlocuteur invisible.

J'enregistrai soigneusement son énoncé, tandis qu'il poursuivait rageusement, dans une hargne mal contrôlée : « Tu sais qu'il m'a coupé les vivres, ce fumier ?

— Pourquoi ? dis-je, affichant une fausse innocence.

— Il désapprouve mes goûts et mes couleurs, et c'est le seul moyen qu'il a trouvé pour me faire partager les siens. On ne peut pas dire que l'imagination l'étouffe, il retarde d'un siècle !

— Tu es dans la merde ? »

Il marqua une hésitation imperceptible. « Tu sais, avec l'ambiance qu'il y a ici, moi j'ai besoin de stimulants, et c'est loin d'être donné. Jusqu'à présent, on me les procurait, mais maintenant, c'est plus difficile. »

Ma pensée revint vers Edmond : était-il le faux ami en question ? Je n'eus pas le loisir de m'attarder sur le sujet. L'oncle Charles entrait : complet sombre, cravate sobre, l'uniforme de l'hôte parfait qui entend faire honneur à ses invités. Il y avait bien entendu une perversité certaine sous l'attention affichée, mais comme d'habitude je la déjouais en donnant à nos rapports un degré d'ironie supérieur, si bien que mon oncle ne sortait pas toujours vainqueur de nos joutes mouchetées.

« Je vois que l'apéritif ne m'a pas attendu. »

A travers les banalités, je le retrouvais tel qu'en moi-même je le vouais à l'exécration : silhouette encore juvénile pour ses cinquante-six ans, visage sans caractère particulier hors l'insolence du nez, bouche arquée par la suffisance, front haut presque sans rides, couronné d'une chevelure acier très fournie. Beaucoup de régularité mais aucune chaleur, sauf le feu d'un regard profondément enfoncé sous des sourcils comme dessinés au pinceau (mais il n'y avait là aucun artifice : ma mère avait les mêmes, dont je n'avais pas hérité).

Nos rapports se situaient sur un plan très particulier. Nous ne nous aimions pas et le savions tous les deux, mais un certain sentiment de dignité familiale maintenait nos échanges verbaux sur le plan d'une stricte courtoisie. Si je le tutoyais et l'appelais par son prénom, c'était pour me conformer au souhait qu'il avait exprimé lorsque j'étais tout enfant. A cette époque lointaine, j'y avais vu un appel chaleureux, alors que la démarche répondait surtout au souci qu'il avait déjà de se rajeunir, hypothèse récemment confirmée par l'anecdote des bouteilles de vin millésimées. Moi, je prenais ma revanche dans la mesquinerie intime, ne l'appelant jamais en moi-même que l'oncle Charles... J'étais si perdu dans mes pensées que je dus faire un effort pour comprendre ce qu'il me disait.

« Peut-être aimerais-tu m'accompagner à la cave, pour que nous choisissions ensemble les vins du dîner ? »

Cela fit « clic ! ». Mon oncle n'ignorait pas combien j'étais peu connaisseur, et une fois de plus il entendait me placer en terrain d'infériorité, espérant sans doute quelque capitulation feutrée du style : « Je te fais confiance, Charles, tu as de ces choses une science que je ne possède pas... »

Il fut donc assez surpris lorsque je répondis : « Mais ce sera avec plaisir, Charles. Je n'ai jamais eu l'occasion de visiter ta cave. »

Il lança à son fils : « Nous t'abandonnons à tes libations. Tâche de nous laisser au moins les fonds de bouteille. »

Nous descendîmes un demi-étage, jusqu'à un palier que je n'avais encore jamais dépassé. Au mur, à côté du système d'alarme, un tableau portait un certain nombre de clés. Il en décrocha une pour ouvrir une porte de bois plein. Il donna la lumière sur une volée de quelques marches aboutissant à la cave proprement dite. C'était un modèle du genre, où l'éclatante netteté d'un laboratoire se conjuguait avec les intimités secrètes d'un sanctuaire. Je le savais, mon oncle employait un caviste qui, régulièrement, passait en inspection ces trésors du palais.

Pour l'instant, c'était lui qui me faisait les honneurs, annonçant crus et millésimes avec l'aisance d'un liftier des grands magasins. Les régions constituaient l'un des critères de classement, mais aussi les années, que l'oncle Charles m'énumérait sans fausse modestie. Et d'enchaîner là-dessus : « Moi, tu le sais, je serais plutôt porté vers les coquillages et les poissons, malgré les humeurs carnassières dont on me crédite. Mais c'est ton anniversaire et pas le mien. Nous avons donc à dîner un feuilleté au roquefort et du bœuf Périgueux. Qu'est-ce que tu aimerais comme vins ? »

Je n'en savais fichtrement rien, et je lançai, à tout hasard : « Du rouge, non ?

— Raté, ricana-t-il. Si avec le roquefort-fromage, le porto est recommandé, le feuilleté au roquefort, lui, s'accompagne plutôt d'un gewürztraminer. En revanche, les rouges vont effectivement avec le bœuf. Pour la sauce Périgueux, on a le choix entre le pommard et le pomerol. As-tu une préférence ?

— Non, dis-je d'un ton léger. Il y a une différence ?

— Bourgogne ou bordeaux ?

— Bordeaux alors. Les vins capiteux m'assomment.

— Donc pomerol. Ça tombe bien, vois-tu. Personnellement, je n'ai jamais considéré le pommard comme le meilleur des beaunes.

— On raconte que, pour ton propre anniversaire, que tu fêtes toujours seul, tu débouches chaque fois une bouteille qui a ton âge. C'est vrai ?

— Pas exactement, répondit-il d'un ton vif. Le cru 41 laissait à désirer, sans doute à cause des conditions de la guerre. J'ai dû prendre le millésime précédent, qui n'en avait pas souffert. »

Non seulement coquet, mais hypocrite ! Je dis, plaisamment :

« Puis-je les voir ? Je ne suis pas dénué de curiosité malsaine.

— Viens. »

Il m'emmena devant une série de casiers en bois, où des flacons étaient alignés horizontalement les uns au-dessus des autres, dans un ordre dont les critères m'échappaient. L'oncle Charles déclara : « Aucun classement particulier, tu vois. Il se trouve que l'année précédant ma naissance était celle d'un excellent cru. Je me suis donc procuré le nombre de bouteilles nécessaires. Chaque année qui s'écoule donne au vin une générosité et un bouquet supplémentaires. »

Ce n'était pas ce que j'avais entendu dire. Tous les vins blancs ne vieillissent pas si bien. Je me penchai pour mieux lire les étiquettes.

« Montrachet, n'est-ce pas ?

— Bien sûr, les immortels vins de Beaune. Soit puligny, soit chassagne, mais toujours dans les cépages chardonnay. Tu connais mon goût pour les grands blancs.

— Et ça, ces petites étiquettes, sur les goulots ? »

Il parut un peu embarrassé, puis, après un silence de pudeur, reconnut d'un air faussement désinvolte : « Oui, je me suis amusé à coller sur chaque bouteille une petite étiquette complémentaire correspondant à l'âge que j'aurai quand sera venu le temps de son sacrifice. La prochaine est marquée 55, mais je suis allé jusqu'à soixante-dix ans. Après, nous verrons... »

Rien du tout, me dis-je. Désormais, ta fête, ce sera la Toussaint.

« Qu'y a-t-il ? On dirait que quelque chose te gêne, dans ce rituel. Tu me trouves peut-être mégalomane ? »

Je tenais ma petite revanche. « Pas du tout, pas du tout, m'empressai-je de protester, chacun prend son bonheur où il peut. Je bute seulement sur un point de calcul. Cette bouteille, là-dessus, la première, chassagne-montrachet, elle porte le chiffre 55. Tu n'en as donc pas bu, l'année dernière ?

— Je ne comprends pas, fit-il d'un ton sec.

— Eh oui, tu vas avoir cinquante-six ans. Alors pourquoi la bouteille portant le chiffre 55 est-elle toujours là ?

— Tu te trompes, riposta-t-il âprement. Je n'aurai que cinquante-cinq ans en février. Je t'ai expliqué, pour le millésime... »

Il en avait rougi, le traître ! J'insistai, sur le ton

de la placidité provocatrice : « Excuse-moi, Charles, mais il me semble bien me rappeler que tu aurais, au mois près, onze ans de moins que ma mère, puisque tes parents t'ont eu sur le tard. Ça te fait naître en 40, l'année des grandes défaites et des grands hommes, sinon des grands crus.

— Erreur, gronda-t-il. Tu te trompes, je te le répète !

— Pas sur la date de naissance de ma mère, Charles ! J'ai encore revu notre livret de famille il y a quelques jours.

— Alors sur la mienne ! fit-il d'une voix sourde. Bon Dieu, tu ne vas pas connaître mieux que moi mon propre état civil. Je suis né en 41, pas en 40 !

— Bon, bon, admis-je mollement, n'en parlons plus. Je te demande de me pardonner cette petite erreur. »

J'avais donné à mon excuse les apparences les plus flagrantes de l'insincérité, si bien qu'après une respiration convulsive il se dépêcha de changer de sujet. « Je voulais te parler des enfants, murmura-t-il, d'un ton contraint. Tu t'y connais un peu, en droit ?

— Il m'est arrivé de l'étudier, pour mes concours. C'est pour cette raison que tu m'as fait descendre ici ?

— Oui. Tu es au courant pour Germaine ?

— Au courant de quoi ?

— Ce type qu'elle fréquente. »

Je déclarai prudemment : « Je l'ai rencontrée l'autre jour, en compagnie d'un jeune homme.

Beau spécimen, ma foi, elle aurait pu tomber plus mal.

— Tu l'as bien vu ? Il est...

— Mais oui, répondis-je tranquillement. C'est un Français à part antillaise. »

On s'en doute, ce calembour très approximatif ne fit rien pour le dérider, au contraire. Il éructa : « Je suis sûr que c'est un bon à rien, un coureur de dot !

— Il est étudiant en médecine. »

Charles explosa : « Ben voyons ! Tout le monde est étudiant, de nos jours ! Il a simplement flairé la bonne poire et il essaie de se caser. Mais là, il se fout le doigt dans l'œil, je te le dis, César ! Plutôt que le laisser entrer dans la famille, je déshériterai Germaine ! »

J'éclatai d'un rire franc, si spontané qu'il en demeura interdit, pétrifié d'incompréhension.

« Qu'est-ce qui t'amuse tellement ?

— Ton vocabulaire de feuilleton XIXe ! Et le fait que le destin te tienne par les couilles, Charles ! Toi qui n'es accessible qu'aux mauvais sentiments, te voilà acculé à la bienfaisance ! Parce que qu'est-ce que tu peux faire, hein ? La loi t'interdit de déshériter totalement Germaine. Elle est ce qu'on appelle une héritière réservataire, comme Brice d'ailleurs. Lui aussi, tu veux le mettre sur la paille ?

— Et pourquoi pas ? Avec lui, tout ce que je possède ne ferait pas long feu ! Il ne lui faudrait pas six mois pour dilapider le patrimoine. Il vendrait même ma cave pour se procurer son jus de punaise ! Et puis...

— Oui ?

— Il se drogue.

— Je sais, répondis-je tranquillement. Mais ce n'est pas là l'un des cas d'indignité prévus par la loi pour lui interdire l'accès à la succession. »

Il était demeuré comme assommé, dans l'attitude du taureau qui attend l'estocade finale. Je la lui décochai. « Du peu qui me reste de ce que j'ai appris, tes enfants ne peuvent être privés que de ce qu'on appelle la quotité disponible. Cette part, tu peux la léguer à des œuvres.

— Ces sangsues ? Jamais ?

— ... ou à l'État.

— Encore moins ! »

Je repris, d'un ton léger : « Il est de mise, pour le neveu à héritage qui attend la mort de l'oncle avec des humeurs de vautour, de lui susurrer, chaque fois qu'il fait allusion à sa fin proche : "Mais non, mon oncle, vous avez encore de nombreuses années à vivre..." Tu m'excuseras, Charles, mais ce n'est pas mon truc. D'abord parce que je m'en fous, je sais très bien que tu ne me légueras pas un kopeck. Ensuite, parce que je n'aime pas les lieux communs. Tu as cinquante-six ans...

— Cinquante-cinq !

— Si tu veux, et à cet âge-là, comme à n'importe quel autre, on peut casser sa pipe du jour au lendemain. Accident cardiaque, accident tout court...

— Je suis en bonne santé !

— Jusqu'à nouvel ordre. Et puis, je ne veux pas noircir tes enfants, mais enfin, tant que tu es vivant, tu ne les tiens que par les cordons de la bourse. Déjà, ça, ils ne te le pardonnent pas. Alors ils peuvent se mettre à rêver. On en a vu, de ces drames de famille, dont le ressort était un héritage à la clé ! »

Charles haussa des épaules furieuses. « Ils n'oseraient pas !

— Pas mal d'hommes politiques ont prononcé cette phrase, qui se sont retrouvés peu après avec un jardin sur le ventre. »

Il secoua obstinément la tête, comme pour se débarrasser de pensées trop importunes. « Bon, conclut-il d'un ton farouche, Germaine d'abord. Je commence par la rayer. Peut-être que la perspective de se retrouver avec le minimum prévu par la loi lui rafraîchira les idées et les fesses ! »

Je le regardai droit dans les yeux. « Permets-moi une analyse, Charles. Germaine est de ces enfants gâtés par le sort qui ont pour l'argent l'indifférence souveraine de ceux qui n'en ont jamais manqué. Tu ne peux ni l'expédier au couvent ni l'empêcher de sortir dans le siècle. Ça ne se fait plus, d'autant qu'elle est majeure. Lui annoncer ton intention peut produire deux effets opposés : ou elle jette son Roméo, ou, au contraire, elle subit le syndrome Harlequin : amour, eau fraîche, cœur et chaumière... toutes proportions gardées par ailleurs, tôt ou tard la réserve légale sur le patrimoine lui assurera des lendemains qui, au moins, ronronnent.

— Elle peut-être, mais lui ?

— *Chi lo sa ?* Après tout, on ne sait jamais. S'il n'était pas un coureur de dot ? S'il tenait vraiment à elle ? »

L'oncle Charles eut une mimique d'ironie cruelle quant au charisme sexuel de sa fille.

J'insistai : « Dans ce cas, il peut très bien renoncer à se marier pour ne pas la priver de la part qui lui revient, et vivre une passion clandestine, comme dans les romans... en attendant ta disparition. »

Bien entendu, j'avançais ça comme une hypothèse d'école : je voyais mal l'Antinoüs caraïbe jouant *Black Street*[1], mais mon plan exigeait une telle argumentation. Je poursuivis : « Il est certain que, si tu meurs demain, elle hérite et épouse aussi sec son outre-merien. Je n'envisage qu'une solution rationnelle : tu demandes à ton notaire de ne lui laisser que la réserve légale, mais tu ne le lui dis pas, pour ne pas la braquer, et tu laisses au temps celui de mieux faire son travail : l'amour vieillit plus mal que les vins, et ses blessures ne cicatrisent pas. Comme des chevaux, il devient plus charitable de l'achever. Dans un avenir peut-être proche, Germaine se fatiguera de l'exotisme. Alors, tu n'auras plus qu'à revenir au *statu quo ante* en refaisant une deuxième fois ton testament.

— Et Brice ? »

J'éventai le piège qu'il croyait subtil. « Laisse-lui

1. Pardon à Fannie Hurst.

sa chance. Il peut encore s'amender. Et puis, si tu l'écartes aussi, la partie du patrimoine qui ne ressortit pas à la réserve légale, celle qu'on appelle la quotité disponible, finira par tomber dans mon escarcelle, ce que tu ne veux absolument pas, j'imagine. »

On le voit, j'y allais pas à pas, comptant que mon ostensible indifférence aux biens de ce monde endormirait sa méfiance. Lorsque nous remontâmes, son humeur avait considérablement noirci. Brice et Germaine en firent les frais, Brice surtout, qui me parut en état de manque et prêt aux pires excès. Entre les fromages et le soufflé ambassadrice, une violente querelle l'opposa à son père, à qui il reprocha de juguler sa liberté. Du coup, l'oncle Charles entra dans une colère noire.

« La liberté, le voilà le maître mot des cossards ! On réclame sa liberté, mais on est incapable de l'assumer ! Elle a son prix, la liberté, il faut se la payer ! Les jeunes, les peuples, ils n'ont que ça à la bouche, mais l'histoire est là pour démontrer qu'ils doivent plus leur bien-être aux despotes éclairés qu'aux idéaux boiteux, tu n'es pas de mon avis, César ? »

Il me déplut qu'il m'appelât à la rescousse. Je précisai : « A cette nuance près, Charles, que les despotes sont plus souvent illuminés qu'éclairés.

— Il n'empêche qu'on ne peut pas tricher indéfiniment avec la vie. Nos actes nous suivent !

— Même les actes de naissance », fis-je aimablement remarquer.

Il me jeta un regard sanglant. Le dîner s'acheva dans cette euphorie. Il n'y avait pas de gâteau à découper, on ne chanta pas « Happy birthday », Brice et Germaine s'évaporèrent l'un après l'autre, tandis que l'oncle Charles me congédiait littéralement. Marcel, qui me fit un brin de conduite jusqu'à la sortie, ouvrit en chemin la porte du débarras où l'on avait enfermé Baskerville. Le brave animal leva vers moi ses yeux chassieux tout empreints de charité canine, et je me dis absurdement que c'était peut-être le seul regard humain que j'avais vu ce soir-là.

Pourtant, il faudrait que je le tue.

Douzième soliloque

Mais avant, je devrais liquider Hubert Solari. En ce qui le concernait, la voie était tracée : il serait empoisonné. J'avais le motif (encore que...), j'avais l'arme. Ne me restait qu'à susciter l'occasion.

En attendant, je révisai mon Peuchet. Ce qu'il racontait, c'était l'histoire d'une vengeance. Il était une fois, en 1807, un jeune ouvrier du nom de François Picaud, cordonnier en chambre dans le quartier des Halles, à Paris. Il avait vingt ans. Il était sans doute beau, puisqu'il avait conquis le cœur de Marguerite Figoroux, une jeune bourgeoise non seulement jolie, mais aussi très richement dotée : cent mille francs de l'époque. Il avait des amis, François Picaud, tous originaires du Gard comme lui. Seulement c'étaient de ces faux amis dont me parlait Brice : Gervais Chaubard, Guilhem Solari, Antoine Allut, et enfin Loupian, prénommé Gilles ou Mathieu, la personnalité la plus forte du groupe. Resté veuf avec deux enfants, il tenait un café place Sainte-Opportune. C'était aussi le plus jaloux du bonheur promis à François Picaud. Il soumit un jour à ses amis une idée qu'il présenta d'abord comme une bonne plaisanterie à faire dans le cadre du carnaval : dénoncer François Picaud comme un espion à la solde des Anglais et des Vendéens.

Le 15 février 1807 donc, les hommes du général Savary, duc de Rovigo et ministre de la Police, arrêtaient François Picaud, qui fut incarcéré au château de Fenestrelle, près de Turin. Débarrassé de ce rival, Loupian entreprit sa cour auprès de Marguerite Figoroux. Soit instabilité sentimentale soit lassitude, celle-ci finit par l'agréer. Avec sa dot, Loupian donna de l'envergure à ses affaires, ouvrant bientôt sur les boulevards l'un des plus beaux cafés de Paris. Les bons étaient donc punis et les méchants récompensés... au moins le temps de sept années.

Cependant, dans sa geôle, François Picaud avait lié connaissance avec l'abbé Farina, homme d'Église que ses pairs avaient fait enfermer pour des motifs politiques. Ce très riche ecclésiastique se prit d'amitié pour le jeune homme, à qui, avant sa mort derrière les barreaux le 4 janvier 1814, il légua toute sa fortune, soit des capitaux déposés dans des banques de Hambourg et de Londres, une rente annuelle chez un banquier d'Amsterdam, sans compter un million deux cent mille francs de diamants et trois millions d'espèces, en ducats de Milan, florins de Venise, quadruples d'Espagne, louis de France et guinées anglaises... en tout plus de sept millions de francs.

Napoléon envoyé à l'île d'Elbe, Picaud fut libéré le 15 avril 1814. On ignore ce qu'il fit jusqu'au 15 février 1815, date à laquelle on le vit arriver à Paris, fabuleusement riche. Il avait pris une identité factice, celle de Joseph Lucher. Il mit alors sa vengeance en marche. Sous l'apparence de l'abbé Baldini, il se rendit à Nîmes où il prit contact avec Antoine Allut, qui s'y était retiré. Grâce à un subterfuge (et à un diamant de cinquante mille francs), il réussit à lui faire dire le nom de ses bourreaux restés à Paris.

Le premier à payer fut Gervais Chaubard, qu'on retrouva poignardé un petit matin sur le pont des Arts. L'arme du crime portait l'inscription NUMÉRO 1. Ensuite, le chien des Loupian mourut, mystérieusement empoisonné. Un peu plus tard, Thérèse, la fille de Loupian, était séduite par un « merveilleux » aux allures fastueuses. Alors qu'on avait organisé au *Cordon bleu* un repas de mariage de cent cinquante couverts, le fiancé se révéla être un forçat évadé (guidé de façon occulte par François Picaud). Honte et désespoir !

Quatre jours après, un incendie dévasta le riche appartement des Loupian, aussitôt mis à sac par une racaille qu'appointait clandestinement le terrible Picaud, sous prétexte de sauver les meubles. (Bien entendu, il n'était pas dans mes intentions d'appliquer ce point du programme. Pourquoi irais-je détruire ce que je considérais comme devant me revenir un jour !)

Solari devait mourir ensuite. On découvrit sur son corps un papier épinglé à ses vêtements : NUMÉRO 2. Il avait été empoisonné. Sur ces entrefaites, le fils de Loupian, victime de ses mauvaises fréquentations (suscitées par qui vous savez) fut pris sur le fait alors qu'il dévalisait un débit de boissons : vingt ans de travaux forcés. On ne rigolait pas, à l'époque ! En 1816, Marguerite Loupian, accablée par ces drames successifs, mourut de chagrin.

Point d'orgue à cette orgie de vengeance : Loupian. Picaud réussit à l'entraîner un soir dans le jardin des Tuileries où, après s'être fait reconnaître, il le poignarda. Mais là, les événements tournèrent de façon imprévue. Allut, que des soupçons avaient poussé à revenir de Nîmes, intervint. Par surprise, il assomma Picaud, le séquestra dans une cave où, pendant des jours, il le tortura puis lui creva les yeux pour lui faire avouer où il avait caché son trésor. En vain. Jusqu'au moment où, fou de rage et à bout de patience, Allut l'acheva, ayant perdu son sang-froid, et par l'occasion tout espoir de mettre la main sur le pactole. Du coup, l'homme s'exila en Angleterre, où il mourut après s'être confessé à un abbé français, dont Peuchet ne livre que l'initiale : P... Celui-ci écrivit alors au préfet de police une lettre édifiante relatant toute l'affaire :

« Monsieur le Préfet,

J'ai eu le bonheur de rendre à des sentiments de repentir, etc. »

On n'aura pas manqué de le remarquer, c'est de cette douloureuse histoire qu'Alexandre Dumas s'est inspiré pour écrire son *Comte de Monte-Cristo.* Certes, la réalité est beaucoup moins romanesque, et chez Dumas, c'est la police de la Restauration qui persécute Dantès au lieu de celle de Napoléon, sympathie politique oblige. En outre, la fin est bien différente. Si la plupart des méchants sont punis, le bon, lui, ne sort pas vainqueur du drame, et ne se retire pas sur une île de la Méditerranée en compagnie d'une séduisante bayadère, à l'instar du brave Dantès.

Reste que cette littérature m'avait tracé l'itinéraire d'un projet encore plus machiavélique que celui du vrai Monte-Cristo, car il m'assurait une impunité absolue.

Treizième soliloque

A Solari donc. Je me remis à fréquenter le snack luxueux des Champs-Élysées. Solari y sévissait toujours, mangeant vite et seul (ce dernier point commun avec l'oncle Charles !). Moi, je ne m'en tenais jamais très loin, l'observant en profil perdu derrière les plantes qui couronnaient le muret où il abritait sa vigilance professionnelle. S'il est vrai que le snobisme consiste à vivre pour le regard d'autrui, alors pas de doute, Solari était snob. Mais sous cette façade couvait une incontournable connerie. Si les vieux cons croient tout savoir parce qu'ils ont un peu appris, si les jeunes cons croient tout savoir parce qu'ils n'ont rien appris du tout, ceux-ci ont beaucoup moins d'excuses que ceux-là, car chez eux la connerie est une option plus qu'une fatalité de l'âge.

Solari était donc un jeune con, pétri de vertus négatives, de ceux qui écrasent tous les orteils possibles, mais pour qui l'arrivisme, c'est toujours l'ambition des autres. J'avais eu l'occasion d'assister à quelques-unes des brèves rencontres qu'il faisait, à l'entrée ou la sortie du snack, à l'entrée ou la sortie de l'immeuble où fonctionnait sa boîte. Sa question obsessionnelle était sans exception : « Dans quelle branche est-il ? », comme cette blague africaine où la reine des Balumbas questionne Jane à propos de Tarzan. Bref, un obsédé de la carrière, où il entrait sans attendre que ses aînés n'y soient plus, quitte à les pousser un peu. C'est dire si, ma première impression largement confirmée, les rares scrupules que je pouvais encore avoir s'évaporèrent au fil des jours.

Une fois, au déjeuner, l'un des garçons vint l'avertir qu'on le demandait au téléphone. Il se leva si précipitamment qu'il faillit en faire basculer son plateau. Il revint de cette communication visiblement tendu et, à une question que lui adressait d'une table voisine l'un de ses collègues, il répondit sur un ton qu'il voulait désinvolte : « C'était M. Quernon. Il avait besoin d'un renseignement urgent que j'étais seul à pouvoir lui fournir. »

A la façon dont le nom était prononcé, je compris que ce Quernon devait être l'un de ses chefs les plus redoutés. D'ailleurs, ce jour-là, il n'acheva pas son plat et repartit aussitôt.

Je ne me séparais plus de mon flacon de remède à la strychnine, ni de l'écriteau SOUVENEZ-VOUS DE MONTE-CRISTO, gardé sous cellophane. Chaque fois que j'y pensais, ma salive prenait un goût âcre et mon estomac un poids plus douloureux. Je décidai d'en finir. Un matin, ayant avalé la moitié de ce qui me restait d'amphétamines, j'enfilai des gants de pécari, incongrus pour la saison, mais très légers.

Ce jour-là, au snack, je pris une salade, un yaourt et une bouteille d'eau minérale. Je n'avais pas faim, je flottais, je me sentais bien. Dès que Solari pénétra à son tour dans la salle, il jeta un coup d'œil à sa place habituelle, sous une fenêtre et derrière le petit muret couronné de plantes vertes, pour s'assurer qu'elle était vacante. Il déposa son attaché-case sur la chaise afin de bien marquer son territoire, puis alla au comptoir choisir ses plats.

Je filai dans le couloir où, entrant dans l'une des cabines téléphoniques, je composai le numéro du restaurant, dont je savais qu'il avait au moins trois lignes. Dès que j'eus obtenu quelqu'un, je déclarai, d'une voix neutre : « Voulez-vous être assez aimable pour vous assurer que M. Solari est bien arrivé chez vous ? Dites-lui que c'est de la part de M. Quernon. Et que c'est urgent.

— Ne quittez pas, j'y vais. »

Je raccrochai doucement le combiné puis me risquai à entrouvrir la porte d'accès à la salle. Déjà, l'un des garçons chuchotait quelque chose à Solari, en train de poser son plateau sur la table. Je le vis relever un visage pâli, tiré d'inquiétude. Il se précipita vers le couloir, me bouscula presque pour entrer tandis que je sortais. De mon côté, je fis très vite. Le flacon en main, quelques pas m'amenèrent au niveau de la table. Je me penchai légèrement par-dessus le plateau, comme pour examiner l'extérieur à travers la fenêtre. En même temps, d'un rapide mouvement du poignet, je débouchai le flacon que je vidai dans le gobelet de bière. La seconde d'après, je sortais l'écriteau de sa cellophane et le glissais sous le plat du jour, mon propre dos ayant masqué mon manège aux habitués du snack.

Je me retrouvai tout de suite près de la porte. Cependant, je ne sortis pas. Je consultai ma montre avec une fébrilité ostensible, comme dans l'attente d'un commensal qui ne se décidait pas à venir. Une minute s'écoula, très lourde. Je sentais la sueur couler de mes aisselles, et mes jambes n'étaient pas assurées. Solari reparut enfin, les traits crispés d'une colère perplexe. Arrivé d'un pas heurté à sa table, il but d'une seule lampée presque tout son verre de bière. Il eut aussitôt une grimace, appela l'un des garçons, lui montra son gobelet, ainsi que l'écriteau, qu'il venait de découvrir. Le serveur haussa les épaules, en une mimique de parfaite ignorance. Le ton du dialogue ayant monté, la voix de Solari me parvint, curieusement déformée et déjà lointaine.

« Non seulement la bière est dégueulasse, mais encore on vous colle de la pub débile pour un film à la con ! »

Ce furent ses dernières paroles intelligentes. Ses dernières tout court aussi, d'ailleurs. Dans l'instant qui suivit, il porta les mains à la gorge, les yeux exorbités, convulsivement adossé au muret.

Du reste, je ne gardai qu'une brume de souvenirs, agitation frénétique dans la salle, puis dehors, tout autour, houle d'appels, de cris, où surnageaient quelques paroles surréalistes, glanées au vent de courses affolées : « S'il est mort ? Plus mort que ça, tu meurs ! », vacarme bientôt dominé par la plainte d'une ambulance...

Je quittai les lieux. Franchement, je ne pouvais pas voir ça. Mais bon Dieu, qu'il est donc facile de tuer !

Quatorzième soliloque

Cet après-midi-là, les collègues croisés dans les couloirs du lycée me trouvèrent une physionomie bizarre, que j'attribuai aussitôt à une migraine tenace. Quant aux grosses têtes estudiantines assoiffées de culture, venues quémander la manne spirituelle attendue à bon droit du documentaliste distingué que j'étais censé être, si elles me trouvèrent l'air égaré, la plupart d'entre elles semblaient l'être au moins autant, de sorte qu'elles ne furent pas dépaysées.

Je rentrai chez moi comme un fantôme, ayant acheté la dernière édition de *France-Soir*. On n'y pipait mot de mon dernier forfait. Et les Français prétendent être bien informés ! Je me rabattis sur la dernière édition locale de FR3. Là, on me consentit un bref commentaire sur ce drame étrange survenu dans un snack des Champs-Élysées. Suicide ? Meurtre ? Selon la formule consacrée, on se perdait en conjectures. Mais rien quant à mon message. Salauds de médias ! Ma nuit fut très agitée, peuplée de cauchemars saugrenus où ma photo s'étalait en première page des journaux sans que je fusse inquiété pour autant.

Le lendemain, enfin, parut une lueur sur ces ténèbres, les proches de la victime ayant catégoriquement rejeté l'hypothèse du suicide. Les titres, pourtant, n'étaient pas ceux dont j'avais rêvé. La plupart des rédactions avaient relégué à la page des faits divers anodins ce que je croyais propre à devenir le crime du siècle. A leur décharge peut-être, l'avarice des autorités constituées dans ce domaine...

Je pris soudain conscience d'une nouvelle disposition de mon esprit. Je croyais avoir imaginé tout cela pour l'argent, pour la justice, pour la vengeance, ce qui, déjà, n'était pas si mal. Et voici que je désirais en plus l'esthétique, voire la reconnaissance de mon génie. Dangereux, ça ! C'est toujours par l'amour-propre d'auteur que les meilleurs assassins se font prendre.

J'approfondis ma lecture. Tout de même, tout de même, quelques-unes des feuilles évoquaient un message mystérieux rappelant un crime antérieur, encore que la plupart crussent à quelque plaisanterie macabre commise *a posteriori* par l'un des témoins du drame. Un quotidien spécialisé dans le calembour reprenait à ce propos une blague éculée, introduisant l'information en caractères gras qui n'avaient pas, hélas, la dimension d'une manchette :

« As-tu vu Monte-Cristo ?

— Non, je n'ai vu monter personne. »

Je dus attendre *Le Monde* de l'après-midi pour que quelque chose de concret fût imprimé. Le journal rapportait qu'au dire des enquêteurs l'écriteau découvert près de Solari offrait des ressemblances troublantes avec celui qu'on avait déposé près du cadavre de Jean Chaubard, le mandataire aux halles poignardé le mois précédent sur le pont des Arts. En fait les services techniques de la rue de Dantzig avaient à peu près établi que le matériel et la technique utilisés pour la confection du message étaient l'œuvre d'une même main. Cela ne jetait pas plus de lumière sur l'énigme. Des premières conclusions de l'enquête, il résultait que Chaubard et Solari ne se connaissaient pas. Il devait pourtant exister entre eux un lien occulte, qu'on recherchait activement.

Il fallut qu'un hebdomadaire consentît à évoquer l'affaire pour enfin lui donner le relief et la couleur littéraires que je lui avais souhaités. Le journaliste écrivait notamment :

« Il n'y a aucune relation apparente entre Jean Chaubard, mandataire aux halles, et Hubert Solari, jeune cadre dans une entreprise de publicité — ni géographique, ni sociale, ni professionnelle. La seule qu'on leur connaisse est ce message mystérieux déposé près des corps : SOUVENEZ-VOUS DE MONTE-CRISTO. Alors, un cadavre commun dans un placard ? Peut-être conviendrait-il de mieux fouiller leur passé. Peut-être s'apercevrait-on que Chaubard, c'est Danglars, que Solari, c'est le comte de Morcef, et qu'il serait temps de veiller à la sauvegarde d'un troisième, voire d'un quatrième quidam, lesquels seraient la projection perverse dans la réalité présente du Villefort et du Caderousse d'Alexandre Dumas... »

J'aurais embrassé le plumitif, et sans être croyant j'adressai à quelque Dieu informel, à quelque patron anonyme des assassins, une prière fervente pour que le policier chargé de l'enquête prît connaissance de cet article.

L'article avait eu un mérite supplémentaire, celui, en posant le problème dans ses données essentielles, de me confronter avec mes obligations futures. Chaubard et Solari n'avaient été que les hors-d'œuvre. Mon oncle Charles constituait, lui, le plat de résistance, le gros morceau. J'avais un temps envisagé, pour l'amour de l'art et le goût de la fidélité historique, qu'un Allut couronnerait mon hécatombe, mais ç'avait été de façon très abstraite, et à présent je n'en voyais plus la nécessité. Je n'ai jamais été très dessert.

L'oncle Charles était donc, pour l'instant, mon principal problème. Je voyais mal comment, pour suivre le texte de Peuchet, je pourrais un soir l'entraîner dans le jardin des Tuileries afin de l'y poignarder à loisir, comme Picaud l'avait fait avec Loupian. Il ne marcherait jamais, d'autant que l'endroit passait pour un repaire notoire d'homosexuels. Mais devrais-je respecter la lettre du canon ou en interpréter l'esprit ? Poser la question, c'était déjà y répondre.

En outre, restaient, comme en filigrane, les cas de Brice et de Germaine. Je croyais là avoir finement manœuvré, en acculant l'oncle Charles à un choix draconien. C'est que je connaissais à fond sa psychologie, le bougre, peut-être parce que, dans le domaine des mauvais sentiments, nous avions tous les deux quelque chose en commun. En agitant le spectre de sa disparition subite, toujours possible dans une appréhension intelligente des choses (et l'oncle Charles n'était pas bête, loin de là), je le plaçais devant le dilemme suivant : Si son testament demeurait en l'état, tout le patrimoine écherrait à ses deux enfants, ingrats s'il en était, Brice (alcool, petites femmes voraces, voyous ambigus, drogue, etc.) et Germaine (amours exotiques et tête légère). Ceux-ci n'auraient plus alors qu'à donner libre cours à leurs instincts les plus dévoyés, festoyant à la santé posthume de ce géniteur dont ils avaient méprisé les avis et rejeté les interdits. Pour Charles, ce serait là une humiliante défaite par-delà la tombe. Et il n'aimait pas les défaites, l'oncle, fussent-elles post-mortem.

Il allait donc presser le mouvement, pour ne pas être pris de vitesse par un sort sarcastique, réduire les espérances de ses rejetons à la part réservataire prévue par la loi. Seulement, que faire du reste ? Les œuvres, l'État, il ne voulait pas en entendre parler, et sur ce point je ne mettais pas sa sincérité en doute. Mais c'était ça ou moi, qu'il n'aimait pas. Or, tel que je croyais le connaître, il préférerait encore me léguer la majeure partie de son magot, parce que, aux antipodes de la notion de défaite, ce geste entrerait, vu son optique mégalo, dans le cadre d'une générosité de vainqueur. Nul ne lui aurait forcé la main. Bref, ce serait un cadeau qu'il ferait, au lieu de dépouilles que lui auraient arrachées contre sa volonté des enfants dénaturés. Il garderait ainsi l'impression de gouverner encore les destins.

La pierre d'achoppement de l'affaire, c'était de le supprimer juste après sa visite chez le notaire. Pas avant, parce que rien ne se ferait. Pas non plus dans un avenir incertain, qui lui laisserait le temps de revenir sur sa décision, pour peu que Brice se fût amendé ou que Germaine eût renoncé à sa maladie d'amour.

Comment savoir ? J'en étais là de mes cogitations quand je reçus un coup de fil inespéré. Et de qui ? De Germaine soi-même ! Elle souhaitait me rencontrer dans un endroit discret pour débattre d'une question qui nous intéressait tous les deux. En fait, la question en question, si j'ose dire, n'intéressait qu'elle, et je croyais savoir de quoi il s'agissait. L'autre soir, durant tout le début du dîner, pendant le feuilleté au roquefort, j'avais noté son regard traqué sautant de son père à moi-même. Au contraire de Brice, perdu dans ses vapeurs d'alcool, elle s'était doutée que la visite à la cave proposée par l'oncle Charles n'avait été que le prétexte à un entretien secret dont elle et son frère auraient fait les frais. Depuis, l'inquiétude la rongeait quant aux propos que nous avions pu échanger...

« Oui ? dis-je, oui ?

— Alors, tu veux bien qu'on se rencontre ?

— Mais bien sûr, répondis-je cordialement, fixe-moi le lieu et le moment, en dehors de mes heures de travail, bien entendu.

— Le petit café de la rue Champollion où nous nous sommes vus la dernière fois, ça te va ?

— Tout à fait. Je n'aurai pas cent mètres à faire en sortant du lycée.

— Cet après-midi alors ? »

Elle était pressée, la sacripante !

« D'accord, six heures. »

Ainsi fut-il.

Seizième soliloque

Je sortis à six heures du lycée, très largement après les autres bureaucrates, dont j'évitais le contact, toujours banal et convenu. Deux minutes plus tard, j'étais dans la rue des Écoles. Encore une minute et, rue Champollion, je regardais à travers les vitres du petit bistrot pour voir si Germaine s'y trouvait. Elle était assise tout au fond, à une table des plus retirées, dans une pénombre qui ne pouvait que lui être favorable.

« Ah, tu es venu », fit-elle quand je me présentai devant elle.

Elle avait toujours cultivé les évidences. Je lui vis une expression tendue, à la fois avide et craintive, comme si, pour solliciter, elle était prête à tout entendre, quitte à en souffrir. Je comptais bien lui en donner pour ses émotions.

« Tu vois, dis-je en m'asseyant.

— Tu prends quelque chose ? »

Devant elle, un express refroidissait dans sa

tasse. Je commandai un demi pression, ce début d'automne étant resté tiède et moite. Nous respectâmes un silence d'attente, en prudent préambule à notre entretien. Après deux minutes, je dis sans nuances : « Je t'écoute. »

Elle hésita quelques secondes avant d'énoncer, d'un ton contraint : « En ce moment, je me fais pas mal de bile pour Brice. Il ne va pas bien du tout. »

Je n'en croyais pas un mot, mais je la voyais venir : elle attaquait par la bande. Je demandai, très banalement : « Qu'est-ce qu'il a ?

— La drogue, répondit-elle, le timbre étouffé. Il en a abusé. Et maintenant qu'il est en manque, il n'arrive plus à s'en procurer. Il peut faire n'importe quoi. J'ai peur. »

J'affichai une mimique d'impuissance. « Qu'y puis-je, moi, Germaine ? Je ne connais pas de dealers et ne suis en cheville avec aucune filière. Hors des conseils lénifiants dont toi et moi savons qu'il ne les écoutera pas... Dis-moi plutôt pourquoi ses besoins pouvaient être satisfaits et pourquoi ils ne le peuvent plus. L'argent ?

— Il y a de ça, admit-elle à regret. Mon père a fermé le robinet. Et puis, son... son fournisseur ne peut plus l'approvisionner. »

J'étais sûr que Brice lui avait parlé de mes prétendus problèmes sur le mode égrillard qu'il affectionnait. Aussi fut-ce sans grands risques que j'enchaînai : « Brice m'a dépanné un jour. Pas vraiment de la drogue, des amphétamines. C'était déjà très cher. »

Elle sursauta. Ses yeux s'arrondirent de stupeur, tandis qu'elle questionnait sourdement : « Quoi, tu as payé ?

— Bien sûr que j'ai payé ! m'exclamai-je, et crois-moi, ce n'était pas donné ! J'en déduis que son fournisseur a encore augmenté ses prix et qu'il ne peut plus suivre. »

Elle haussa des épaules furieuses. En une seconde, toute la façade de sentiments convenus qu'elle avait affichés fut balayée par une indignation franche et massive.

« Quelle ordure, ce Brice ! jeta-t-elle sans retenue. Il t'a raconté qu'Ed... que son fournisseur se faisait payer ? C'est faux, il les lui donnait parce qu'il avait des facilités. En fait, ce...

— Appelons-le Edmond, tu veux bien ? coupai-je placidement. Brice m'a déjà avoué qu'il obtenait ses produits grâce à l'un de ses copains, étudiant en médecine. Un peu plus tard, toi, tu me présentes cet Edmond, comme par hasard étudiant en médecine lui aussi. Je ne suis quand même pas complètement con. Donc, d'après toi, Edmond ravitaillait Brice *gratis pro deo* ?

— Il voulait surtout l'aider, expliqua Germaine d'une voix misérable. Bien sûr, il le décourageait de se droguer, mais en même temps il disait qu'on ne peut pas arrêter brusquement ces choses-là, que c'est trop pénible, et dangereux à la limite. Il est étudiant en médecine.

— Ça je commence à le savoir.

— Mais jamais, jamais, il ne lui a pris un sou, chuchota-t-elle farouchement, je peux te le jurer. » Elle marqua une hésitation, en hommage discret à la pudeur féminine. « Tu penses bien que je le connais. C'est le garçon avec qui je sors. »

J'admirai au passage l'admirable acrobatie du vocabulaire moderne. On dit d'un couple qu'il sort ensemble, alors qu'en fait, il rentre.

« Et pourquoi ton Edmond ne peut-il subitement plus aider Brice. La fac de médecine a épuisé ses stocks ?

— Oh, mais non ! Seulement, tout d'un coup, les contrôles sont devenus plus stricts.

— On s'est aperçu de quelque chose ?

— Pas du tout ! protesta-t-elle. Tu sais, Edmond n'est pas un dealer. Il ne prenait que de toutes petites quantités, pour dépanner Brice. Ça passait inaperçu. C'est tout simplement que les règlements ont changé, et que de nouvelles procédures de distribution ont été mises en place, avec registres d'entrées, de sorties, etc. Maintenant, les placards sont fermés à clé. On ne peut les ouvrir qu'en présence d'un chef de clinique. Ça devient trop délicat pour Edmond... »

Juste comme on en était là, une silhouette élégante se découpa dans le cadre lumineux de l'entrée.

« Tiens, murmurai-je, quand on parle du loup... »

L'ambiguïté du contexte m'interdit de compléter le dicton. Germaine arborait une physionomie faussement surprise, mais je ne pris pas la peine de l'accompagner dans cette hypocrisie.

« Tiens, Edmond, tu es dans le coin ?

— J'avais des achats à faire chez Maloine. Des bouquins...

— Vous vous connaissez, je crois ? »

Ben voyons, songeai-je, je passais, j'ai vu de la lumière... Je ne doutais pas un seul instant que la rencontre était prévue : ou Germaine ne se sentait pas les épaules assez larges pour le niveau de l'entretien, ou c'était lui qui craignait qu'elle ne bavardât trop et ne fît des conneries. Normal, il surveillait son capital, le brave carabin ! De quel droit jetterais-je la pierre à ses calculs, comme on dit dans sa corporation, alors que les miens se révélaient quasiment parallèles ?

Je m'étais à demi levé pour lui serrer la main, et il prit place près de nous, commandant un demi lui aussi.

« Tu tombes bien, enchaînait hâtivement Germaine. J'allais demander à César de me renseigner. Il a fait des études de droit.

— Formule trop ambitieuse, rectifiai-je. J'ai seulement étudié le droit dans le cadre de concours administratifs. En quoi mes lumières peuvent-elles t'aider, Germaine ?

— Euh, c'est à cause de mon père, maugréa-t-elle. Il est toujours à me menacer de me rayer de son testament. Il en a le droit ?

— Non, répondis-je nettement. En tout cas, pas

tout à fait. Dans l'intérêt des familles, le législateur a veillé à ce que les héritiers légitimes ne puissent être dépouillés de tous leurs droits. En fait, la liberté de tester est réglementée.

— C'est-à-dire ? questionna Edmond, l'air pas plus intéressé que ça.

— C'est-à-dire que la loi prévoit, pour chaque enfant, une réserve légale, dont le taux se détermine selon les cas de figure, mais qui reste toujours d'un niveau très correct. Ça, il ne peut pas y toucher... en principe.

— Pourtant, il est allé hier chez son notaire », objecta Germaine d'une voix fragile.

Cette révélation me causa un traumatisme intérieur, dont je m'efforçai aussitôt de maîtriser les effets dans mon comportement. Je bus un peu de bière, le temps de discipliner mes pensées et ma respiration. Ainsi, l'oncle Charles l'avait fait ! Un point pour moi. J'entendais maintenant Germaine à travers un voile sonore : « Mais qu'est-ce qu'il peut faire, hein, César ? Qu'est-ce qu'il peut faire ? Il a dû t'en parler, l'autre soir, quand vous êtes descendus à la cave, soi-disant pour choisir les vins ! Là, qu'est-ce qu'il t'a dit, hein ? »

Je répondis d'un ton mesuré : « Il était comme toi, il voulait des renseignements d'ordre juridique. J'imagine qu'il répugnait à mettre son avocat dans la confidence. Il doit penser que c'est un sujet trop intime pour l'exporter hors de la famille.

— Et toi, qu'est-ce que tu lui as dit ?

— Ce que je viens de t'apprendre : qu'il ne pouvait pas vous déshériter totalement, Brice et toi. Il ne peut disposer que de ce qu'on appelle justement la quotité disponible, ce qui représente tout de même la plus grosse partie du patrimoine.

— Et c'est pour ça qu'il est allé chez son notaire ? Pour distribuer cette quotité disponible ?

— Distribuer, comme tu y vas ! ricanai-je. A part une dotation, sans doute modeste, au brave Marcel, en récompense de ses bons et loyaux services, à qui veux-tu qu'il en fasse cadeau ? Tu le connais aussi bien... non, tu le connais mieux que moi, jamais il n'irait confier son argent à des œuvres charitables ou des organisations caritatives. Quant à le léguer à l'État, ce n'est pas son genre, il doit être comme cet humoriste, pour qui donner à l'État, c'est prêter à rire.

— Peut-être à vous, alors ? » suggéra doucement Edmond.

Il y venait. J'ironisai : « Il faudrait qu'il soit porté au masochisme. Nous ne pouvons pas nous encadrer. Tu l'as vu, Germaine, l'autre soir !

— Exact, admit-elle. Vous vous êtes rudement accrochés.

— Je peux te dire pourquoi. Les renseignements que je lui donnais ne lui ont pas plu. Comme si c'était moi qui avais fait la loi ! Du coup, il m'en a voulu, ce connard.

— C'est vrai que c'est un sale con ! s'enflamma Germaine, encouragée dans sa vindicte. Il croit que tout l'univers tourne autour de lui. Tu sais ce qu'il fait pour son anniversaire, Edmond ? Il nous vire, Brice et moi, de la maison, afin de le fêter tout seul ! Il garde juste Marcel, qui commande chez un traiteur ses plats préférés, et il vide toujours une bouteille qui a son âge... »

Je faillis faire allusion à la petite tricherie annuelle de l'oncle Charles, mais, réflexion faite, je m'en abstins. Mes interlocuteurs n'en ayant rien à cirer, il était inutile de contribuer à prolonger l'entretien. Edmond opinait, sans fièvre : « Un peu mégalo, non ?

— Un peu beaucoup ! gronda Germaine. Tiens, si je pouvais, tu sais ce que je ferais ? Avant son prochain anniversaire, je mélangerais du vinaigre à son nectar, pour lui gâcher son plaisir ! Malheureusement, ce n'est pas possible, il s'apercevrait tout de suite qu'on a ouvert la bouteille.

— Pas forcément, fit remarquer Edmond, amusé. Quand nous prélevons du liquide dans une bouteille bouchée, à la fac, nous utilisons une seringue.

— Une seringue ? répéta stupidement Germaine.

— Oui, une plus grosse que pour les piqûres normales. Là, opération inverse : avec une seringue et une aiguille adéquate, on pourrait percer le bouchon et introduire le vinaigre dans le vin. Pour la cire, il suffirait d'appliquer une lame chauffée sur le trou, et ni vu ni connu. Cela dit, l'idée est infantile. D'ailleurs, je ne sais pas comment c'est, chez toi, mais tu crois que tu pourrais t'introduire dans la cave sans te faire remarquer ?

— Parfaitement ! s'écria-t-elle, sur le ton du défi. Tiens, dans trois mois, comme chaque année, il s'en va deux jours à un congrès, un colloque, un symposium, est-ce que je sais, enfin une rencontre entre hommes d'affaires qui se tient en Allemagne, vers la fin janvier. Dans ces cas-là, il emmène toujours Marcel avec lui, il ne peut pas se passer de larbin. Qu'est-ce qui m'empêcherait alors de lui jouer ce sale tour ?

— Mais enfin, arrête de faire joujou ! s'exclama Edmond, exaspéré. Ça ne te rendra pas tes droits s'il a décidé de t'en priver !

— Alors, qu'est-ce qu'il va faire ? chevrota Germaine, au bord des larmes. Ni les œuvres, ni l'État, ni toi, César. Tout à Marcel, tu crois ?

— Ça, ça m'étonnerait ! déclarai-je en riant franchement. Il faudrait qu'il soit sentimental, et il est tout sauf ça. »

Je tendis mon index vers elle. « Écoute bien, Germaine. Tu l'as dit : ni l'État, ni les œuvres, ni moi. Il ne peut rien faire, Charles, il est contre un mur, et personnellement, je pense que tu as tort de te tourmenter, sauf bien sûr sur le plan du quotidien. Tant qu'il est vivant, c'est certain que tu n'as droit à rien qu'il ne te donne, à son gré, sa volonté, et selon ses humeurs.

— Alors pourquoi est-il allé chez le notaire ?

— Bidon, affirmai-je catégoriquement. C'est lui qui te l'a appris, je parie ?

— Oui, et avec un air vainqueur.

— Bidon, répétai-je. Quand nous avons parlé,

l'autre soir, à la cave, j'ai eu l'impression très nette qu'il cherchait à vous bluffer, Brice et toi. En fait, s'il s'est rendu chez le notaire, ce doit être pour ses affaires en cours. Seulement, il préfère vous laisser croire le contraire, pour mieux vous manipuler. »

Je donnai à mon regard l'orientation nécessaire pour qu'il parût s'adresser à tous les deux.

« Tenez bon, dis-je, battez-le sur son terrain. Faites comme si vous croyiez à ses menaces mais que vous vous en foutiez. C'est ça, la meilleure revanche. C'est ça qui va le décourager. Et en ce qui me concerne, sois tranquille, Germaine. Plutôt que de me léguer un sou, il préférera l'adresser par paquet-poste à Fidel Castro ! »

Je marquai une pause de décence, avant de reprendre, sur un ton désinvolte : « Maintenant, si nous revenions à Brice ? Après tout, c'est bien pour ça que tu voulais me voir, non ? »

Elle rougit un peu, donnant à sa confusion l'apparat du désespoir. « Oui, qu'est-ce qu'on peut faire pour le sortir de là ?

— Je ne vois qu'une solution, déclarai-je. La désintoxication pure et simple. En clinique. Mais il faut qu'il le veuille.

— Je lui en ai parlé, intervint Edmond. J'ai essayé de le convaincre. Le moins qu'on puisse dire, c'est qu'il est réticent.

— Il fréquente toujours ce bar de la rue Fontaine ?

— Bien sûr, répondit Germaine. Il y a ses habitudes. Et peut-être qu'il espère que là-bas on lui procurera de la drogue. Mais sans argent... Mon père...

— Oui, je sais, murmurai-je. Il aimerait mieux le voir crever. Je peux bien essayer de mon côté. Seulement voudra-t-il m'écouter ? Nous ne sommes pas très proches.

— C'est que je connais un peu le problème, dit Edmond. Ça urge. Quand ils sont en manque, les drogués sont capables des pires conneries. Et moi, maintenant, j'ai les mains liées. »

Pourquoi la réflexion de Brice sur les faux amis, lors de mon arrivée chez l'oncle Charles, l'autre soir, me revint-elle alors en mémoire ?

Dix-septième soliloque

J'avais déploré l'indifférence de la presse ces jours derniers, mais elle se rattrapait avec les derniers développements de l'enquête sur le meurtre de Solari. Le juge d'instruction avait en effet consenti à dévoiler certains détails. Ainsi, l'on savait que Hubert Solari avait succombé à une ingestion de strychnine, encore que le poison semblât avoir été mélangé avec des produits pharmaceutiques. Il avait été versé dans de la bière, sur le plateau du snack-bar où Solari avait l'habitude de prendre son déjeuner. Un appel était donc lancé afin de recueillir des témoignages éventuels. Connaissant l'atmosphère du lieu, j'étais tranquille sur ce point : personne n'y remarquait jamais personne, sauf les têtes connues. Enfin, aucune empreinte n'avait été relevée sur le message énigmatique, dont tout laissait penser qu'il avait été déposé par l'assassin. Il s'agissait donc bel et bien d'un crime prémédité (tu parles !) mais dans quel but ?

Les journaux ne se privaient pas de dauber l'obscurité totale où se débattaient les enquêteurs, l'une de ces feuilles, notoirement satirique, affirmant : « Au Quai des Orfèvres, tout le monde lit *Le Comte de Monte-Cristo*, mais personne ne sait pourquoi. »

De mon côté, je n'étais guère plus avancé. Tuer l'oncle Charles, soit, mais comment ? J'avais définitivement écarté l'idée de le poignarder dans le jardin des Tuileries, comme chez Peuchet. Psychologiquement irréalisable et matériellement trop risqué. Après tout, même les textes saints ont connu des accommodements. Alors pourquoi pas Peuchet ? Les policiers ne s'arrêteraient sûrement pas à ce point de doctrine. Donc, je piétinais...

Et puis, deux semaines après ma rencontre avec Germaine, un coup de téléphone me tira du sommeil, aux environs de deux heures du matin. Ce fut une voix inconnue — très embarrassée, me sembla-t-il — qui me parvint dans mes brumes.

« Excusez-moi de vous déranger, monsieur, je sais qu'il est très tard, mais je le fais à la demande d'un de mes clients. Vous connaissez bien un M. Brice Loupian ? »

La lucidité me revint instantanément. « Oui,

c'est mon cousin, répondis-je. Qu'est-ce qu'il y a ? Un problème, un accident ?

— Pas tout à fait, expliqua l'homme, qui paraissait mal maîtriser sa dialectique. Je suis le gérant du bar *Nausicaa*, rue Fontaine. Je vous appelle à propos de M. Loupian Brice.

— Oui, vous l'avez déjà dit. Il est chez vous ?

— Oui. Nous voudrions fermer, mais il est dans un tel état que c'est délicat. Il ne pourra pas rentrer.

— Est-ce qu'il est en voiture ?

— Il est venu avec, mais le problème, c'est qu'il ne paraît plus capable de tenir un volant.

— Il est saoul ?

— Et malade. Et aussi... enfin, vous verrez. Vous verrez si vous venez. C'est lui qui m'a donné votre numéro. Il a refusé qu'on avertisse sa famille proche... »

Il s'établit un silence, avant que mon correspondant ne se résolût à ajouter, un peu à contrecœur : « Moi, je vous répète ce qu'il m'a dit : surtout pas mon père, ce salaud ! C'est lui qui l'a dit.

— Je vois. Il faudrait que je vienne le chercher.

— Nous ne pouvons pas le laisser dehors, sur le trottoir, plaida l'homme. C'est l'un de nos clients assidus. Ce n'est pas dans notre politique...

— Bon, j'arrive. Je ne suis pas très loin. Un quart d'heure, pouvez-vous patienter ?

— Ça va », acquiesça l'autre, visiblement soulagé de pouvoir me refiler le bébé. « On vous attend. »

Je descendis en hâte, pris ma voiture dans son box, et filai vers Pigalle à travers les rues nocturnes. Rue Fontaine, le *Nausicaa* était encore éclairé. Je me rangeai en double file, feux de détresse dûment allumés, puis je poussai la porte. Tout de suite, je vis Brice, à demi allongé dans un fauteuil, la tête penchée, les jambes raides, les bras pendant de chaque côté des accoudoirs, dans une posture qui me rappela absurdement les illustrations de Pécoud pour la comtesse de Ségur, dans la Bibliothèque rose. Il avait un visage crayeux, yeux fermés, bouche ouverte, dont la lividité était soulignée par le spot de lumière crue qu'on avait allumé contre le mur, derrière lui.

A ses côtés, un homme sanguin, très enveloppé, la physionomie empreinte de maussaderie, lui administrait sur les joues des petites tapes peu convaincues. Près du comptoir, une jeune femme, aussi fardée que l'exigeait son folklore, se balançait sur un pied, l'expression gommée par la pénombre ambiante, les mains serrées l'une contre l'autre, dans un syndrome d'angoisse joliment mimé.

« Enfin ! » s'écria l'homme, sans pudeur, lorsque j'eus pénétré dans le bar. « C'est vous, son cousin ?

— Hélas. Il est évanoui ?

— Pas exactement. Il a seulement du mal à refaire surface, mais ça va passer. » Il ajouta, d'un ton agressif : « Il a vomi partout.

— L'alcool ? »

L'autre hésita imperceptiblement. « Je me demande s'il n'avait pas aussi pris de la dope, mais alors pas assez. J'ai l'impression qu'il est en manque. » Il crut aussitôt devoir préciser : « Mais vous savez, il l'avait sur lui, hein ? Il l'avait apportée dans ses poches ! A un moment donné, il est allé aux toilettes, et c'est là qu'il a dû sniffer. Ici, la came, on n'en vend pas. Alors, vous le ramenez ?

— Pas question, répondis-je sèchement, je vais le mettre dans un taxi. Pouvez-vous en appeler un ? Une fois arrivé à la maison, il se démerdera. De toute façon, je compte avertir chez lui. »

J'ajoutai, comme le gérant marquait une nouvelle réticence : « Je prends tout ça à ma charge. »

Je l'entendis composer un numéro de téléphone, tandis que je redressais Brice dans son fauteuil. Les gifles que je lui administrai n'eurent pas la mesure de celles du bistrotier. Je me tournai alors vers la jeune femme : « De l'eau froide, s'il vous plaît. »

Elle m'en apporta un verre, dont je vidai la moitié sur la nuque de Brice, sans épargner le cou ni le dos. Il frissonna violemment, murmura quelques mots inaudibles, avant de lever des paupières sur un regard vacant.

« Il m'en faut, bredouilla-t-il, j'en ai besoin, je suis malade... »

Le reste de l'eau, il le reçut en plein visage, traitement plus qu'approximatif, empruntant moins à la médecine qu'au cinéma. Edmond n'eût peut-être pas approuvé. Brice s'était mis à tousser éperdument, plié en deux, les mains à ses tempes. Il releva un visage décomposé, aux yeux larmoyants, consentant enfin à me reconnaître.

« César, bégaya-t-il. Qu'est-ce que tu fais là ?

— Comme dans la chanson, je reviens te chercher, répondis-je. Tu t'es mis dans de beaux draps. Tu vas rentrer chez toi.

— Je ne veux pas, souffla-t-il douloureusement.

— Tu n'as pas le choix. C'est ça ou le poste de police. Ta voiture est dehors ?

— Oui, un peu plus bas dans la rue.

— Tu la laisses là. Tu reviendras la prendre demain. Pour l'instant, tu vas rentrer en taxi.

— Il arrive, dit le patron, revenu de sa cabine.

— Aidez-moi. »

A deux, nous réussîmes à remettre Brice debout, à l'appuyer contre le mur. Dans le désordre de ses mouvements, j'entendis un bruit clair sur le carrelage du bar : un trousseau de clés. Je le ramassai, le mis dans ma poche. Heureusement que j'étais là, Brice ne s'en était pas aperçu. Je le rassis.

« Je vais appeler chez lui. »

Le patron me désigna la cabine téléphonique, où je composai le numéro de la résidence. La sonnerie retentit longtemps, mais j'insistai, sachant tomber finalement sur le dévoué Marcel. Il décrocha enfin et, d'une voix empâtée, s'enquit de l'identité du correspondant.

« C'est César, Marcel, dis-je brièvement. Je viens de récupérer Brice dans un bar. Il est à peu près inconscient. Comme je ne peux pas le ramener, je le mets dans un taxi, en réglant la course d'avance.

— Bien, bien, monsieur César.

— Vous m'écoutez, hein ? Brice sera hors d'état d'ouvrir la porte, voire de taper le code d'entrée, si même il s'en souvient. Alors, guettez-le... trois quarts d'heure, une heure au maximum. Je demanderai au taxi de klaxonner. Ça va, enregistré ?

— Oui, monsieur. Faut-il réveiller M. Loupian ?

— Comme vous voudrez. Moi, je n'en vois pas la nécessité. Lui et Brice s'expliqueront demain.

— Bien, monsieur. Je vous remercie pour votre aide.

— Il y a de quoi. Bonne fin de nuit. »

Je raccrochai. La voix de Marcel distillait une onction qui, pour ne pas être extrême, m'infligeait toujours un petit frisson. Alors que je revenais à Brice, plongé dans une semi-somnolence, nous entendîmes dehors un coup d'avertisseur discret.

« Le taxi », annonça le patron du bar, qui se dépêcha d'aller ouvrir la porte.

Il revint en compagnie d'un petit homme sec, aux gestes vifs, au regard aigu. Tout de suite, celui-ci demanda : « Dites donc, c'est lui, là, dans le fauteuil ? Je vous avertis, moi, je ne fais pas ambulance ! »

J'intervins. « Il a été malade, mais c'est fini. Il s'agit simplement de le raccompagner chez lui.

— Vous en êtes sûr ? Il ne va pas vomir sur mes coussins ?

— Rassurez-vous, c'est déjà fait. D'ailleurs, je règle la course d'avance, c'est pour Le Vésinet. Et soyez tranquille, vous n'aurez pas à le laisser sur le trottoir, on vous attend, la famille est avertie. »

J'aurais dit La Courneuve que j'aurais essuyé un refus catégorique, mais l'adresse que je donnai rasséréna aussitôt le chauffeur, qui fit encore, pour l'honneur : « C'est que je ne sais pas à combien ça va monter, moi... »

Je répondis sèchement : « Allons, vous connaissez les distances. Évaluez la course en conséquence, et placez la barre assez haut pour être sûr de ne pas vous tromper. »

Il ne s'en priva pas. Nous amenâmes Brice au taxi, où il s'affala sans complexe superflu sur la banquette arrière. Au moment où j'allais refermer la portière, je pensai aux clés que j'avais gardées, mais mon geste vers ma poche avorta. De toute façon, il ne saurait pas s'en servir. Je les lui rendrais plus tard... ou je ne les lui rendrais pas. La lucidité revenue, il penserait les avoir perdues et en ferait refaire.

Tandis que, le chauffeur payé, le taxi s'éloignait, je prenais conscience de mon trouble. Quelque chose de blême se levait en moi, la prémonition d'une fatalité sans merci, qui exigerait désormais que j'aille au bout de mes desseins les plus noirs.

Dix-huitième soliloque

Le lendemain, je passai un coup de fil à Marcel, afin de m'assurer que le retour au bercail de Brice s'était effectué sans encombre. Il y avait, sous cette démarche, moins de sollicitude que de curiosité perverse. Je pensais aux clés : Marcel ne m'en dit rien. Sans doute Brice les ferait-il reproduire sans mot dire à personne. Après tout, c'était du domaine du banal, et ce type de mésaventure devait lui être coutumier.

Il était malade, Brice, d'ailleurs, il avait fallu faire venir le médecin de famille, qu'il avait fort mal reçu. Lui et son père avaient même failli en venir aux mains, et dans la maison l'atmosphère pesait. Marcel me transmit enfin les remerciements de l'oncle Charles, trop occupé pour pouvoir le faire lui-même. Je n'en crus rien, voyant là une politesse bénévole dont le vieux serviteur me gratifiait de sa propre initiative : on a des usages.

Novembre s'écoula, puis ce fut décembre. Le temps restait maussade, aussi versatile que l'actualité mondiale, alternance de coups de froid et de tiédeur humide, sous un ciel cherchant désespérément à fourguer ses précipitations. Les gens devenaient moroses, irritables, sans ressort. Ils ne savaient plus comment s'habiller.

Un jour, je rencontrai Germaine, qui sortait de sa fac à la Sorbonne. Je lui trouvai une mine à l'image de la météorologie : éclaircie de l'humeur sous la nuée des soucis. Politique, je l'invitai à boire un café, et là, devant les tasses, elle se confia : elle venait de quitter la maison du Vésinet pour vivre avec Edmond dans le studio loué par celui-ci.

Je fus très étonné : je ne lui aurais pas soupçonné tant de caractère. En fait, elle n'avait guère eu le choix. Son père était devenu impossible, il ne se passait plus de journée sans engueulades, bref, majeure, elle avait claqué la porte.

« Et de quoi vivrez-vous ? demandai-je sans délicatesse excessive, Edmond a peut-être sa bourse, mais toi...

— Moi, j'ai l'argent de ma mère. »

Je sursautai. « Comment ça, l'argent de ta mère ?

— Eh oui ! Quand elle est morte, nous avons eu droit à notre part d'héritage sur ses biens personnels. Elle avait apporté une dot au mariage. Mais tu dois le savoir, toi, puisque tu as étudié le droit, c'est dans le Code civil.

— C'est vrai, murmurai-je, sidéré. J'avoue que c'est un point que j'avais totalement oublié.

— A cette époque, mon père avait bien voulu nous permettre d'en disposer à notre guise.

— Il n'avait pas le choix, ricanai-je. Il vous a laissé croire que c'était un effet de sa bonté, hein ? Bien dans le style du personnage ! Pourtant, il y a un bout de temps...

— Oui, mais le notaire m'avait placé cet argent.

Maintenant, je m'en sers pour vivre. Évidemment, si ce n'est pas le Pérou, ça permet tout de même de voir venir.

— Brice est parti aussi ?

— Non, lui, il ne peut pas, il n'a pas le sou.

— Mais cet héritage de ta mère ?

— Eh, tu penses bien qu'il s'est dépêché de tout claquer, tu le connais ! Ça fait qu'à présent il est obligé de supporter mon père. Mais ce n'est pas une solution. Partis comme ils sont, l'un des deux va tuer l'autre, sans compter que la drogue n'arrange pas les choses... J'ai entendu raconter que, le mois dernier, tu l'as sorti de la merde ?

— C'est beaucoup dire, répondis-je modestement. Je me suis borné à le mettre dans un taxi. La merde, il y est toujours. Comment il se débrouille ?

— Mal. Il est en manque, et il cherche de l'argent partout pour acheter ses doses. Il n'a pas essayé de te taper, toi ?

— Oh non, raillai-je. Si déconnecté qu'il soit, Brice doit avoir une petite idée du traitement des fonctionnaires. Il sait bien que je ne pourrais pas le dépanner.

— En tout cas, il compense par l'alcool, mais ça ne suffit pas. Alors, il devient mauvais et il se dispute. Il y a quinze jours, Marcel a dû aller le récupérer dans un commissariat. »

J'étais très pensif en la quittant.

Dix-neuvième soliloque

Je m'étais replongé dans l'univers scolaire et ses potins. Autant d'habitude était-il malvenu et sans élégance d'évoquer la dernière page des journaux, autant le meurtre d'un des « clients » du lycée, Chaubard, captait-il désormais l'attention sur ce que tout le monde appelait l'affaire Monte-Cristo. Par ce biais, le sang s'élevait au rang de symbole et le fait divers à la dignité de phénomène culturel. On ne parlait que de ça, non seulement dans la rue, mais dans les bureaux, dans les amphis, les gymnases et les cours de récréation.

De son côté, la presse semblait avoir avalé la potion du Dr Jekyll, et faisait du Hyde à pleines rotatives. D'abord timorée et plus que prudente, elle s'en donnait à cœur joie. Monte-Cristo avait pris place, dans l'imagerie populaire, entre Zorro et le concombre masqué, tandis que les plumes délicates n'hésitaient plus à se tremper dans l'encre la plus trouble pour y délayer leurs commentaires. Les micros, si j'ose dire, leur emboîtaient le pas, l'un disputant à l'autre la formule choc susceptible de retenir la postérité, souvent usée et déjà éculée, de « l'escalade de la violence » (on parle généralement d'escalade, chez les bonnes consciences, quand la victime se met en tête de rendre coup pour coup) à la « spirale du crime », laquelle, comme chacun sait, est sans fin, d'Alexandre Dumas ou Johnston MacCulley à Thierry Paulin et Rosemary West...

Jusqu'à l'intelligentsia ronronnante qui s'y mettait, la même qui fait la fine bouche à propos de paralittérature, mais ne bronche pas lorsqu'un homme de culture appelle Jérusalem la ville d'Abraham, la même qui ne consent à jeter un œil sur le polar qu'à condition d'y déceler un message social, la même qui ne sort de ses rails qu'à l'aiguillage manœuvré par les petits Zola du crime, et qui s'appliquait maintenant à farder ses obscurités intellectuelles sous les paillettes de la référence. L'ankylose de l'analyse, le prêt-à-penser du quotidien, faisaient la loi dans le monde de l'esprit, et personne, non, personne, ne flairait le génie sous l'incohérence apparente de mes exploits criminels, dont, à les voir ainsi traités, je n'arrivais même plus à me sentir fier.

Ce fut donc un assassin au moral ruiné que certain soir morose de l'Avent surprit devant la vitrine d'un magasin de matériel médical, dans le quartier des Écoles. Doucement, sournoisement, nourrie d'un peu de lâcheté et de beaucoup de paresse, l'idée avait fait son chemin : je regardais les seringues et les aiguilles.

Vingtième soliloque

Impatience trop contenue, lassitude, ou simplement déprime, je décidai de m'éloigner un peu, pour faire le point, comme on dit. A part une permanence, le lycée fermait pendant les vacances scolaires. Je m'offris donc un séjour touristique aux Baléares. Nouveau ciel, nouveaux paysages, nouvelle langue, nouvelles gens, je ne doutais pas que cela rechargerait mes batteries. Le long des sentiers escarpés de Majorque, dans les criques où la Méditerranée murmure ses mélancolies, sous les pins balancés par le vent du large, je peaufinais mon crime à venir. Décidément, l'entretien que j'avais eu avec Germaine et Edmond se soldait plus que positivement : je savais à présent où, quand et comment procéder.

Certes, Charles Loupian ne subirait pas le même sort que son hypothétique ancêtre, Mathieu, mais ce serait une ineptie de risquer de tout perdre par fidélité à un texte obsolète. L'oncle Charles mourrait comme Solari, voilà tout, et la police ne s'attacherait pas à un détail si mineur. Ce qui, dans un premier temps, captivait mon imagination, c'était le cours des choses tel que paraissait l'avoir tracé le destin, lequel suivait le canevas de la chronique : la fille de la maison se déshonorait en se mettant en ménage avec un godelureau à qui l'optique raciste de son père ne prêtait pas plus de crédit qu'au galérien évadé de Peuchet. Bien sûr, restait le fils. Mais là, je voyais mal Brice en prendre pour vingt ans de placard après avoir dévalisé un débit de boissons, ou quelque malfaisance équivalente dans l'échelle du crime d'aujourd'hui... à moins que quelqu'un ne relaie la fatalité. Mais qui ?

Vingt et unième soliloque

Le drame s'était produit dans la nuit précédant mon arrivée à Paris. Ce n'était pas un débit de boissons, c'était une pharmacie. De l'alcool à la drogue, on pouvait y voir la transposition goguenarde, quoique logique, de l'itinéraire du vice dans la société moderne. Brice, en manque, Brice, rendu fou, avait tenté de braquer une pharmacie, mais il avait eu moins de chance que son homologue du siècle dernier. En prenant la fuite avec sa voiture, il avait renversé un policier et fini sa course contre un mur. Il avait été tué sur le coup.

A mon retour, j'avais trouvé sur mon répondeur un message de Marcel : voix tremblante, portée aux aigus par une douleur sincère. Il m'avisait qu'une veillée aurait lieu le lendemain (donc, ce soir) en attendant les obsèques, fixées à vendredi. Il ne s'était pas étendu, le vieux serviteur, mais je trouvai tous les détails dans le *France-Soir* de la veille.

Brice étant majeur, son nom était donné. Après s'être procuré une arme de poing, sans doute parmi ses relations les plus frelatées, il avait braqué une pharmacienne, non pour lui voler la caisse, mais ses stocks de stupéfiants, dont il paraissait savoir dans quelle armoire et sous quels codes ils avaient été rangés. La police, mystérieusement prévenue, était intervenue. Affolé, Brice avait alors pris la fuite à bord de sa voiture. Il avait brûlé un barrage et renversé un policier, dont les collègues avaient ouvert le feu — en l'air, prétendaient-ils comme d'habitude. Si l'enquête ultérieure avait relevé des impacts de balles sur la carrosserie, Brice, en tout cas, n'avait pas été touché. Il avait trouvé la mort au volant, en percutant un mur d'angle à une vitesse prohibée. Il n'avait pas pris le temps de passer sa ceinture, le con...

Incroyable, décidément ! Voilà que la fatalité se mettait à travailler pour moi, voilà qu'elle prenait le relais de mes souhaits les plus secrets ! Si mon plan avait marché, si j'avais bien jaugé la psychologie de l'oncle Charles, Germaine, restée la seule héritière, ne disposait plus que de la réserve légale lui revenant. Pour la bonne marche des choses, il m'incombait à présent de me faire voir à cette veillée qu'on appelle funèbre, et qui n'est que convenue.

A six heures, je revêtis un complet sombre et allai prendre ma voiture. Je fus rendu au Vésinet alors qu'était déjà tombée une nuit froide et claire. Devant la grille, je me demandai si j'allais user du code dont Brice m'avait donné le chiffre, mais, réflexion faite, je jugeai plus judicieux d'appeler Marcel, qui m'ouvrit.

J'entrai dans une maison silencieuse, aux lumières discrètes, aux bruits étouffés, où régnait l'odeur de la mort. Marcel m'introduisit dans l'une des pièces du rez-de-chaussée où, conformément aux usages, une rangée de cierges encadrait le catafalque. Je donnai à Germaine deux baisers étriqués sur les joues, serrai la main de l'oncle Charles, saluai les quelques voisins ou relations qui avaient fait le déplacement, par compassion, convenance ou curiosité, puis allai m'asseoir dans un coin.

On ne parlait pas, et c'était aussi bien, car il est de ces sujets qu'il devient malséant d'évoquer quand ils se trouvent à la base de la conjoncture. L'oncle Charles affichait la dignité, ce qui était encore le meilleur moyen de faire croire à sa douleur. La mort d'un fils avec lequel il n'entretenait depuis longtemps que des rapports conflictuels l'avait peut-être touché sur le plan de la famille ou sur celui des souvenirs, mais, tel que je le connaissais, l'impact du drame, avec ses corollaires obligés comme la mauvaise publicité et le discrédit social, avait surtout et d'abord dû susciter chez lui une réaction immédiate d'égoïsme : « Me faire ça à moi ! »

Les minutes coulaient, et puisque le recueillement était de rigueur, je me recueillais, mais mon sujet de méditation n'était pas la prière. Je pensais aux lendemains qui nous attendaient, à ceux qui attendaient Charles notamment. Et je dois reconnaître qu'il y avait de ma part un brin de monstruosité glacée à tirer des plans sur la mort du père alors que le fils n'était pas encore en terre.

A un moment donné, Marcel se leva, dans l'intention annoncée de préparer du café fort afin d'aider les assistants à tenir la veille. Je marmonnai une excuse pour le suivre à la cuisine, où je lui demandai un peu d'alcool. Y étant notoirement peu porté, ma requête fut mise par Marcel au compte d'une émotion sincère, et il s'en autorisa pour s'épancher dans mon gilet.

« Quel malheur, monsieur César, qui nous aurait prédit que tout cela se terminerait ainsi !

— C'était à prévoir, répondis-je sans nuances. Je ne veux pas critiquer Charles, Marcel, il doit certainement s'infliger tous les reproches possibles, mais si Brice avait trouvé dans sa famille un peu plus de compassion et de chaleur... »

Il hocha la tête, avant de reprendre, sur un ton d'aigreur qui ne lui était pas coutumier : « Tout de même, monsieur César, monsieur Charles aurait bien pu remettre tous ses rendez-vous !

— Et ce n'est pas le cas ? demandai-je, le cœur emballé, le verre aussitôt posé sur l'évier pour dissimuler le tremblement de ma main.

— Il dit que ce n'est pas possible, que trop d'intérêts sont en jeu, qu'il n'a pas le droit... Nous partons donc pour Hambourg à la fin du mois prochain.

— Eh oui, murmurai-je, the show must go on.

— Pardon, monsieur César ?

— La vie continue, Marcel.

— Oui, monsieur, c'est ce qu'on dit », conclut le vieux serviteur en secouant la tête.

Je repartis vers minuit, rendez-vous pris pour les obsèques du lendemain. La température avait encore baissé. L'air était glacé, les rues désertes. Je pensai qu'aux Mureaux ou aux Minguettes, un jeune du quartier qui se serait tué en tentant d'échapper aux flics après un casse, ça aurait provoqué une manif d'enfer, où des dizaines de justiciers juvéniles s'en seraient pris au commissariat, auraient incendié des voitures, brisé des vitrines et pillé des magasins. Ici, rien. Pas un bruit, pas un murmure, pas un cocktail Molotov. La jeunesse du cru était restée au chaud.

On a raison de dire que, chez les nantis, la solidarité, ça n'existe pas.

Vingt-deuxième soliloque

Cet après-midi, obsèques très sobres sous un soleil incongru au cimetière du Vésinet. Charles se montrait impénétrable, les autres restaient confits dans une dignité morose, leurs visages blêmes peignant aux couleurs de l'indécence mon hâle espagnol. Germaine avait revêtu des atours de deuil, soumise au principe fallacieux qui veut que le noir mincisse. Elle portait même un chapeau, dont j'ignorais si elle l'avait acheté pour l'occasion ou déniché dans un grenier. Pas de voilette, tout de même, elle avait eu cette retenue, mais les lunettes noires obligatoires, comme celles chaussées par les vedettes du show-biz lors des enterrements mondains, afin de mieux cacher aux caméras la sécheresse de leurs yeux. Edmond avait eu la pudeur de ne pas venir.

Une des relations des Loupian, le fondé de pouvoir de Charles, que je connaissais un peu, m'apprit que mon oncle avait déposé plainte contre la police pour excès de pouvoir et homicide involontaire. Comme dirait le bon peuple, ça ne ferait pas revenir le mort, mais j'avais assez pratiqué Charles pour appréhender le sens de sa démarche. Elle était dans son caractère : ne jamais rester en situation d'avoir subi. D'une psychologie parfois infantile, le grand brasseur d'affaires...

Pendant la courte homélie, j'inventoriai les physionomies autour de moi : yeux baissés, mines contrites figées dans un silence que troublaient les reniflements de Germaine, laquelle faisait mesurer à l'aune de leur intensité la profondeur de son chagrin. Et puis, quand ce fut fini, poignées de terre dûment jetées sur le cercueil, la foule — là, lyrisme, il n'y avait pas dix personnes — s'écoula.

Je partis parmi les derniers, revenant un moment vers la silhouette voûtée qui s'attardait devant le tumulus. Marcel était le seul à avoir les yeux humides. Les lèvres tremblant dans un visage ravagé, il me déclara comme pour excuser son émotion : « Brice, je l'avais connu bébé, monsieur César, quel gâchis... » Et il ajouta, tout doucement : « Ah, putain de merde de Nom de Dieu de bordel à cul !

— N'est-ce pas », acquiesçai-je, saisi.

Vingt-troisième soliloque

Et maintenant, *last but not least*, l'apothéose, le gâteau sous la cerise. Je passai en revue mes munitions. La carte, je l'avais (je m'en étais préparé une dizaine), le poison, je l'avais, il me restait quatre flacons, dont l'un pour Baskerville. Les clés, je les avais empruntées l'autre soir à Brice. Le code, je l'avais, confié par ce même Brice dans un accès de révolte. J'espérais seulement qu'on n'en avait pas changé.

J'en revins au procédé létal suggéré par Germaine et Edmond d'une façon tout à fait involontaire. Sur le plan de son application matérielle, je ne voyais pas à quelles difficultés je pourrais me heurter. Restait le facteur humain. C'était une fine gueule, l'oncle Charles, et il détecterait vite un goût étranger dans son montrachet. Il fallait par conséquent que le poison agît avant qu'il n'en eût analysé le bouquet, et il était impératif que les premières gorgées fussent mortelles : donc les trois flacons, donc aussi une très grosse seringue avec une aiguille adéquate. J'aurais d'autant moins de peine à me les procurer dans une boutique spécialisée que c'était là un matériel qu'on ne pouvait utiliser pour des injections de drogue.

Je suis de ceux qui aiment bien tout prévoir dans le détail. La seringue et l'aiguille, je les achetai le lendemain des obsèques, montrant ma carte de l'Éducation nationale, moins pour la réduction qu'elle était censée me valoir que pour rassurer le vendeur sur l'honorabilité de ma démarche. Tous les atouts en main, je n'avais plus qu'à attendre.

Les jours coulèrent avec une lenteur désespérante. Je trompai mon attente par des répétitions scrupuleuses. J'avais acheté plusieurs bouteilles de vin cacheté et, ayant empli la seringue avec de l'eau, je m'exerçai à gâcher tous ces bons crus. Ainsi me rendis-je compte qu'avant d'injecter le contenu de la seringue, il me fallait d'abord prélever une quantité équivalente de liquide dans la bouteille afin d'y maintenir le niveau. Techniquement, ça marchait. Même le procédé suggéré par Edmond pour masquer l'effraction œnologique se révélait valable. Une lame chaude cautérisait assez la cire trouée pour qu'on mît sa légère cicatrice au compte des années. J'ajoutai à mon arsenal un canif et un briquet.

Restait à régler les détails de l'expédition. Le moment devrait se situer aux environs de trois heures du matin, quand tout le monde, y compris d'éventuels noctambules, a enfin succombé au sommeil. Mais comment m'habiller ? Si je me reportais à mes imaginations d'adolescent, je revêtirais un habit, une cape, plus un chapeau haut de forme, panoplie complétée par un loup, afin de mieux marquer les imaginations. Mais voilà, c'était justement hors de propos. J'essayai le complet sombre, l'imperméable standard, le feutre au bord rabattu. Question anonymat, c'était raté. Avec mon visage anguleux, mon allure dégingandée, et dans cet attirail, j'évoquais irrésistiblement le Bogart des films sur Spade ou Marlowe, ce qui n'était pas le meilleur moyen d'éviter les regards. J'optai finalement pour un vieux loden oublié, dont le vert bronze serait assorti aux ténèbres. Je m'en débarrasserais par prudence dès mon retour. L'heure venue, j'y ajouterais un bonnet façon Cousteau qui, sans éveiller les suspicions, masquerait une bonne partie de ma physionomie.

Vers la mi-janvier, je téléphonai à la résidence Loupian, à un moment où je savais Charles occupé dans ses bureaux parisiens. Marcel parut surpris de m'entendre, et encore plus quand je lui demandai si mon oncle avait surmonté son chagrin et repris un peu du poil de la bête. Sur ce point, il me rassura. Tout allait mieux, Charles s'étant replongé dans la frénésie des affaires pour mieux oublier son drame. Ce qui amena sans douleur ma question : « Est-il toujours prévu que vous partiez tous les deux pour Hambourg à la fin du mois ?

— Toujours, monsieur César, et maintenant je me dis qu'au fond ce sera un bon dérivatif, ça changera les idées de monsieur Charles, il en a besoin.

— Vous partez longtemps ? »

Je lui devinai une minute de réflexion.

« Nous partons le 29 dans la matinée, monsieur César, et nous rentrerons vraisemblablement le 31 au soir.

— La maison sera donc déserte durant deux nuits ? »

Le silence du fil me traduisit son étonnement. Je me dépêchai d'ajouter : « Eh oui, Marcel. Avant, il y avait Brice et Germaine. A présent, Germaine est partie. Plus personne ne garde la maison.

— Il y a un système d'alarme, monsieur César. Il se déclenche aussitôt en cas d'effraction.

— Et Baskerville ?

— Je vous remercie de vous en soucier, monsieur César. On le laisse dans la maison, ce qui fait en quelque sorte une alarme supplémentaire pour la nuit. Et je me suis mis d'accord avec un confrère attaché à une propriété voisine. Il viendra le chercher chaque jour aux heures habituelles, afin de lui permettre de satisfaire ses petits besoins, en même temps que le chien dont il a lui-même la charge. Monsieur Charles a bien voulu que je lui laisse les clés... » Marcel ajouta, non sans mélancolie : « D'ailleurs, ce n'est pas la première fois, monsieur César. Baskerville connaît et accepte ce suppléant, quand nous partons en voyage. Vous pensez bien que ni monsieur Brice, ni mademoiselle Germaine, ne prenaient plus la peine de s'en charger. Les vieux chiens, aux yeux de la jeunesse, c'est juste bon pour la casse... »

Je me dis qu'il pensait sans doute à lui-même. Et je conclus l'entretien par une recommandation hypocrite : « Ah, Marcel, ne dites pas à monsieur Charles que je me suis enquis de sa santé, n'est-ce pas. Il déteste qu'on le plaigne. »

Vingt-quatrième soliloque

Alea jacta est, le grand soir était arrivé. J'avais choisi la première nuit, afin d'en avoir plus vite fini, mais durant l'après-midi du 29 janvier je pris tout de même la peine d'appeler plusieurs fois au Vésinet. J'obtins toujours le répondeur téléphonique, auquel je ne condescendis à laisser aucun message. La maison était donc bien déserte. Me restait à attendre l'heure. La télévision m'y aida, à laquelle je n'avais jamais rendu un tel hommage. Dois-je l'avouer, les images et les sons ne touchèrent, tout au long des films, des séries ou des reportages, que la moitié de ma conscience.

A minuit, j'ouvris la fenêtre. La nuit était moins claire que d'habitude, ce qui, tout compte fait, n'était pas plus mal. Un vent glacial, venu de l'est, poussait des masses nuageuses dans un ciel opaque, d'où j'espérais que la pluie ne tomberait pas, à cause des traces que je risquerais de laisser sur le sol. Si tel était le cas, il faudrait aussi que je sacrifie mes chaussures.

A deux heures du matin, ayant avalé un peu d'amphétamines pour me donner du ressort, je passai aux ultimes préparatifs. Je ne voulais pas emporter de sac, qu'une circonstance imprévue toujours possible pourrait me contraindre à abandonner sur les lieux. Le loden, heureusement, était pourvu de nombreuses poches. J'y mis les clés de la résidence, la seringue et son aiguille, le briquet, le canif, plus une torche électrique de dimension modeste.

Je sortis du réfrigérateur l'appât destiné à Baskerville. Ce n'était pas de la viande pour animaux, mais du vrai steak haché, acheté au terme d'un obscur marchandage avec ma conscience, comme si cet hommage préposthume au vieux chien allait contribuer à atténuer la cruauté de mon acte. Je l'ai dit, il me restait quatre flacons de remède à la strychnine. Au-dessus de l'évier, j'en débouchai un, dont je versai le contenu sur le hachis, que je malaxai vigoureusement. Vu la dose, j'espérais que l'agonie serait brève et que Baskerville ne souffrirait pas trop. Je glissai la boulette mortelle dans une enveloppe de cellophane imperméable, que je glissai à l'intérieur d'une des poches.

Après m'être soigneusement lavé les mains, je calai les trois flacons restants dans une autre poche intérieure, dont je tirai la fermeture à glissière. J'enfilai mes gants de pécari, et pris à la main le bonnet de laine acquis le matin même dans une grande surface. Je le coifferais une fois arrivé à destination. Bien entendu, je ne m'étais pas muni, cette fois, du message de Monte-Cristo, que je délivrerais plus tard, à son heure. J'étais paré.

Je descendis, me rendis à mon box, où je grimpai dans ma voiture. Deux minutes après, je filais vers l'ouest. Il ne pleuvait toujours pas, mais le ciel s'éclairait parfois de lointaines lividités. A cette heure, la circulation était nulle. Il ne me fallut que vingt minutes pour entrer dans Le Vésinet. Il n'était pas dans mes intentions de me ranger devant la résidence. Je cherchai une voie plus discrète, que je découvris derrière la maison. Une seule automobile y était garée, le long du trottoir. On la voyait si bien que je me résolus à effectuer un tour supplémentaire, trouvant une place un peu plus loin, dans une avenue où s'alignait toute une rangée de véhicules : on ne se cache jamais mieux que dans la foule.

Je coiffai mon bonnet, que j'enfonçai jusqu'aux sourcils, l'atmosphère glacée rendant cette précaution crédible aux yeux étrangers. M'étant assuré que je n'oubliais rien, je descendis, refermai sans bruit ma portière. Sur mes chaussures à semelles feutrées, je m'éloignai en silence. J'avais en main le trousseau de clés pris à Brice, où je pensais disposer d'un passe destiné à pallier une défaillance du code ou de la mémoire du visiteur. Je me voyais mal escaladant le mur de clôture.

Craintes vaines : la grille fit entendre son petit déclic. On n'avait donc pas changé le chiffre. L'instant d'après, j'étais à l'intérieur, repoussais doucement le battant pour ne pas attirer l'attention d'éventuels passants. Sous mon loden, je transpirais, malgré une température proche du zéro. Avec Chaubard, je ne m'étais trouvé dans une conjoncture psychologique périlleuse que le temps de quelques secondes. Avec Solari, *idem.* Ici, j'étais parti pour baigner une bonne demi-heure dans l'illégalité totale, et mon recours aux références les plus exaltantes ne m'apportait aucun réconfort. Je n'avais ni la désinvolture d'Arsène Lupin, ni l'audace du Saint, ni surtout les moyens physiques dont ils disposaient l'un et l'autre pour se sortir des situations les plus délicates.

La porte d'entrée de la maison ne m'opposa aucun obstacle. Une peur puérile, irraisonnée mais impérieuse, m'immobilisa tout de même quelques secondes sur le seuil, dans l'attente de quelque stridence, qui ne vint pas. Normal, il n'y avait pas eu effraction, et Brice ne devait pas déclencher le système d'alarme chaque fois qu'il rentrait à des heures indues. J'eus l'instinctive prudence de refermer.

Baskerville, à présent. Je sortis de ma poche l'enveloppe de cellophane contenant la viande empoisonnée. Ma gorge s'était serrée à l'idée de le voir accourir vers moi, la queue frétillante, les yeux embués de confiance aveugle. Quand je pense à toute la littérature imbécile consacrée aux instincts animaux, et à leur flair infaillible des bons et mauvais sentiments ! Pourtant, il me fallait le faire. D'abord à cause de l'enquête à venir. Elle établirait qu'un familier n'aurait pas eu besoin d'empoisonner le chien pour l'empêcher d'aboyer, me donnant ainsi le meilleur des alibis. Ensuite parce que c'était écrit, c'était dans le Peuchet.

Pas de Baskerville. Où ce sacré animal était-il passé ? Il ne me faisait tout de même pas le coup du cache-cache, je n'avais plus l'âge de jouer, moi ! Je résistai à la tentation de l'appeler. Le silence pesait dans la maison, à peine troublé par le grondement lointain du tonnerre. Je n'y comprenais rien. Je finis par me convaincre que le confrère de Marcel avait décidé de le garder chez lui, pour s'épargner la peine de venir le chercher et de le ramener chaque jour.

Inutile, donc, de perdre du temps. Je rempochai la viande. Torche braquée, je parcourus rapidement le couloir jusqu'au tableau des clés, où je pris celle de la cave. Un tour : la porte s'ouvrit sans grincer. Je la repoussai derrière moi, actionnai le commutateur, la lumière ne pouvant plus être aperçue de l'extérieur. Je descendis la demi-volée de marches. Connaissant l'endroit à traiter, quelques enjambées m'y menèrent. Une tablette avait été aménagée tout près des rayons, sur laquelle étaient disposés pipettes et godets de dégustation. Cela, c'était l'apparat, la vitrine, la poudre aux yeux, la frime, comme dit le bon peuple. Mon oncle jouait au connaisseur, mais ses références étaient faites de bric et de broc, son ostensible science des vieux vins tout à fait surfaite et conforme au personnage. J'avais eu l'occasion de rencontrer un maître de chai, à qui je devais quelques rudiments de la conservation des vins. J'en avais notamment appris que ceux-ci ne s'améliorent pas forcément au fil du temps ; que si les grands bordeaux peuvent vieillir un quart de siècle, les blancs, même les plus réputés, cessent de se bonifier après dix années de garde. Ce qui ne signifie pas, bien sûr, qu'ils se gâtent pour autant.

D'ailleurs, le montrachet, quoique sec, passe pour bien se conserver.

Je disposai mon attirail sur la tablette, saisis la première bouteille du rayon considéré. Je la reposai aussitôt, la sueur au front. J'avais failli oublier la coquetterie chronologique de l'oncle Charles. Celle-ci était marquée 56, son âge réel, et non pas celui qu'il entendait fêter. La bouteille étiquetée 55, je la découvris derrière, peut-être disposée en retrait au terme d'une curieuse pudeur intime. Je fixai l'aiguille à la seringue, puis, les doigts mal assurés, l'enfonçai dans le bouchon à travers la cire. Elle y pénétra en douceur. A la transparence relative du verre, je la vis plonger dans le liquide. Je remplis la seringue, retirai l'aiguille, vidai le vin dans l'un des gobelets de dégustation. Je débouchai alors les trois flacons de poison, que je vidai par simple aspiration de la seringue. Prenant garde d'utiliser le trou déjà pratiqué, je replongeai l'aiguille dans le montrachet, où elle lâcha son venin. Enfin, la lame du canif chauffée à la flamme de mon briquet, je l'appliquai doucement sur la cire, où la plaie minuscule se résorba. Je remis la bouteille en place.

Ainsi, c'était fait. L'opération avait été d'une facilité déconcertante. Comme à la parade, oserais-je dire. Comme à la répétition, en tout cas. N'y aurait-il que dans les romans et dans les films que surgissent des obstacles imprévus au crime parfait ? La réalité n'aurait-elle que faire du suspense ? Et alors que l'angoisse avait tenu tous mes instincts en éveil, le soulagement faillit me terrasser. Il n'y avait rien ici pour s'asseoir, aussi dus-je m'adosser, les jambes tremblantes, contre un montant des rayonnages. Je sentais la sueur qui coulait de mes aisselles jusqu'au niveau de la ceinture, où elle mouillait la chemise.

Je regrettai fugitivement de n'avoir pas emporté un peu d'alcool, mais j'avisai le vin blanc que j'avais versé dans l'un des godets. Je l'avalai d'un coup. Je croyais n'y trouver qu'un coup de chaleur, une flambée de réconfort, un regain tonique, mais ce qui domina en moi sur le moment, ce fut l'éblouissement du palais. Si les grands blancs vieillissent parfois mal, celui-là, en tout cas, avait tenu le coup. C'était un enchantement des sens, une sublimation du goût, la grâce apportée aux papilles, une miraculeuse symbiose entre la force de l'alcool et la suavité du fruit, avec, en contrepoint, le bouquet soulignant une onctuosité délicate, à peine entamée par un léger parfum soufré, dû sans doute au manque d'aération. Et j'avais avalé ce nectar sans le savourer, et j'avais négligé d'en voir l'ambre !

Un peu étourdi, je reposai le godet. La conjoncture m'interdisait la pause, sur les lieux et sur les états d'âme. Très vite, je remballai mon attirail, un peu n'importe comment. Je jetai un dernier regard autour de moi. Tout semblait en ordre. En haut de l'escalier, je rallumai ma torche, éteignant en même temps l'électricité. Je refermai la porte, mais alors que j'y donnais un tour de clé, il me sembla enregistrer l'écho lointain d'un bruit identique, quelque part dans la maison. Je me statufiai, ma paix éphémère brusquement envolée. L'oncle Charles qui rentrait ? Je demeurai immobile, sans respiration, une bonne minute, l'attention si tendue que j'en avais mal aux tempes. Je n'avais pas rêvé, j'en étais sûr. Alors, pourquoi maintenant le silence ? Je devrais entendre des pas, des voix, le bruit de portes qu'on ouvre...

Je me dis qu'il s'agissait d'un cambrioleur, un vrai, et que c'était peut-être lui qui avait fait disparaître Baskerville. En ce cas, pour quelle raison ne se manifestait-il plus ? L'avais-je dérangé, s'était-il enfui ? Il n'était pourtant pas dans les habitudes des membres de cette corporation de refermer la porte à clé derrière eux ! La bouche asséchée, je me risquai dans le couloir, la lueur de ma torche voilée sous mes doigts. Ce faible pinceau lumineux éclaira au passage l'entrée de plusieurs pièces du rez-de-chaussée, qui ne gardaient trace d'aucun désordre. Cependant, j'étais sûr de ne pas avoir été victime d'une illusion...

Je parvins à l'entrée. Un léger parfum y flottait, suave, épicé, qui me rappela quelque chose, sans que je pusse l'identifier sur le moment. Non, décidément, il n'y avait personne. J'étais à présent seul dans la maison, même si auparavant je ne l'avais pas été en croyant l'être. L'autre, quel qu'il fût, était parti. Je songeai vaguement que s'il s'était vraiment agi d'un cambrioleur, cela ne pourrait qu'arranger mes affaires, car la police n'hésiterait pas alors à lui faire porter le chapeau...

Dehors, le vent frais de la nuit me rendit un peu de mon sang-froid. J'étais maintenant hors d'atteinte des impondérables. Je me mis en quête de ma voiture. Sous l'assaut des émotions qui m'avaient assailli, j'avais à peu près oublié où je l'avais garée. Je retrouvai la ruelle, derrière la résidence, où j'en avais eu d'abord l'intention. L'auto que j'y avais vue, elle, n'était plus là. Je me souvins enfin que j'avais choisi une avenue plus passante et plus propre à couvrir mon anonymat parmi d'autres véhicules.

Avant d'ouvrir la portière, j'avisai l'une des ouvertures du caniveau sur les égouts. J'y jetai la pochette de cellophane contenant la viande empoisonnée, à charge pour la chronique locale de signaler demain une épidémie de morts violentes parmi la population ratière. Alors que je démarrais, les premières gouttes de pluie commencèrent à tomber, mais ce ne m'était plus un sujet de préoccupation. Et ce fut en passant les vitesses que, soudain, j'identifiai le parfum décelé dans la maison : Gallimard de Cherlain !

Gallimard de Cherlain, l'essence de la culture, comme disait la pub, c'était le parfum de Germaine, de Germaine qui avait pourtant quitté les lieux depuis un bout de temps. De Germaine qui, donc, était revenue en douce, peut-être pour récupérer certaines affaires que son père avait refusé de lui laisser prendre, peut-être pour le plaisir insolent d'introduire Edmond dans une maison où il était proscrit, peut-être même pour s'offrir une nuit d'amours interdites sous le toit paternel, en défi pervers à la morale rétrograde prônée par ce despote éclairé de mes deux !

Je prêtais volontiers ce type de fantasmes à ma cousine, que j'imaginais à présent relatant sa romance interrompue en long, en large et en travers, dans le journal intime qu'étant donné son tempérament et ses frustrations elle ne devait pas manquer de tenir... et au passé composé, je parie !

DEUXIÈME PARTIE

Journal intime de Germaine Loupian (extraits)

Lundi 30 janvier

Ce n'était peut-être pas chic de faire ça à papa, mais aussi, il l'a bien cherché ! On n'a pas idée d'être aussi mauvais avec ses enfants. Comme on dit, on récolte ce qu'on a semé. D'ailleurs, est-ce bien moi qui en ai eu l'idée ? Edmond dit que oui. Ça ne prouve rien, c'est simplement que ça l'arrange. En tout cas, maintenant, c'est fait.

Et pas sans mal ! On a failli rencontrer un cambrioleur dans la maison ! On avait tout fini, on partait, quand on a entendu fonctionner la serrure. On s'est vite réfugiés dans le cagibi, près de l'entrée. Mon cœur s'était arrêté de battre. Sur le coup, j'ai pensé que papa avait raté l'avion et qu'il revenait. Pourtant, ce n'est pas son genre, il n'a jamais rien raté, il ne se prive pas de le souligner à tout bout de champ... Edmond lui-même n'était pas très fier. Il est costaud et il s'exerce au karaté, mais contre un revolver, qu'est-ce qu'on peut faire ?

Alors, on est restés sans bouger, sans oser respirer à fond. On a entendu un pas feutré s'éloigner vers le fond du couloir. Et puis, comme rien ne se produisait, on s'est risqués hors du cagibi, on a filé dehors. Là, je me suis dit que ce serait un bon tour à jouer au bonhomme que de l'enfermer, comme ça, s'il devait repartir en catastrophe, ça le retarderait. Tout de même, c'était bizarre, ce système d'alarme qui n'avait pas fonctionné.

Pendant le chemin du retour, j'ai beaucoup pensé à Baskerville. Ça aussi, ça a été un problème. Je ne l'ai jamais aimé, Baskerville. Il était moche, il était vieux, et il était asthmatique. Qu'est-ce que je pouvais me faire engueuler par maman, chaque fois que je me rasais les jambes et que je négligeais de passer l'aspirateur après ! Il paraît que ce clebs faisait de l'allergie aux poils humains, que ça lui collait des crises. Tout de même, pour l'empêcher d'aboyer à réveiller tout le département, on n'avait pas le choix. Edmond m'a assuré qu'il ne souffrirait pas, que ce serait foudroyant, mais c'est moi qui ai dû lui donner la boulette !

Edmond attendait dehors dans le jardin, assez loin pour ne pas réveiller son flair. Moi, quand il a avalé la viande, je ne me suis pas attardée, je ne voulais pas voir ça. Je suis sortie en courant pour rejoindre Edmond, qui était en train de mettre ses gants, à cause des empreintes. Il m'a dit tout de suite : « Ça y est, ça doit être fait. »

Je suis entrée la première, au cas où Baskerville ne serait pas encore mort et se mettrait à gueuler, mais mort, il l'était bien, allongé sur le flanc, la langue sortie. Du porche, j'ai fait signe à Edmond qu'il pouvait venir. Je lui ai dit, d'une voix que je n'arrivais plus à contrôler : « Je ne peux pas supporter ça plus longtemps, enlève-le ! »

Il a grogné, de mauvaise humeur : « Et qu'est-ce que j'en fais, je le bouffe ?

— Je ne sais pas, jette-le dans un massif du jardin, aussi loin que possible, mais s'il reste là, moi, je ne pourrai pas tenir ! »

Edmond s'est exécuté. En revenant, il a voulu refermer la porte, en m'expliquant que les propriétaires de ces résidences cossues ont l'habitude de payer des vigiles, qui font des rondes pendant leur absence, et vérifient que tout est toujours bien en ordre et que rien n'a été forcé. J'étais à peu près sûre que papa n'avait pas pris cette précaution, mais ça ne coûtait rien : j'ai donné deux tours de clé, tout doucement, pour que les voisins n'entendent pas le bruit du mécanisme.

Nous nous sommes enfin rendus à la cave. Ce n'était pas difficile, la clé était au tableau. Edmond m'a dit tout à coup : « Tu vois, j'aurais pu te montrer comment faire, tu t'en serais sûrement tirée, et tu m'aurais rejoint dehors quand ça aurait été fini. On n'aurait pas eu besoin de liquider le chien. »

Il était bien question du chien ! Baskerville, je voulais bien, mais papa, j'aimais autant que ce soit Edmond, il y a des choses qu'une fille ne fait pas à son père.

« Et alors, tu viens ? m'a-t-il lancé, debout sur la dernière marche de l'escalier.

— Je ne veux pas, ai-je répondu d'une toute petite voix, ne me le demande pas, Edmond !

— Tu préfères qu'on y renonce ?

— Non, non, ai-je balbutié précipitamment, mais tu peux le faire seul, non, tu n'as pas besoin de moi ? »

Il a murmuré, très amèrement : « C'est ça, moi, je suis bon pour le sale travail, comme le nègre technique de *Mission impossible*, hein ? »

Il avait pris son air buté, impérial et lointain, qui le rend si beau. C'est un problème, chez lui, ces histoires de racines, comme on dit maintenant. Je me souviens qu'une fois, en parlant de mon père, il m'a crié : « Ma famille, c'était autre chose qu'une dynastie de brasseurs, crois-moi ! D'une certaine façon, elle a plus de titres à la notoriété que la tienne, et autrefois elle a été en relation avec des gens autrement célèbres que ceux que tes ancêtres ont jamais pu côtoyer ! »

Quand il s'embarque là-dedans, je n'insiste jamais, ça le met en colère. Cette fois encore, j'ai préféré prendre la tangente, sur le ton plaintif. « Enfin, Edmond, mets-toi à ma place ! Toi, mon père, tu ne le connais pas, tu sais seulement que c'est un sale con. Alors, si je te donne toutes les indications... mais je t'attendrai ici, je ne vais pas partir, tu penses bien ! »

Il a haussé les épaules. Je lui ai expliqué où c'était, quelle bouteille il devait choisir, et je lui ai indiqué l'âge de papa. Il est descendu, avec déjà la seringue pleine à la main, il l'avait apportée toute prête à l'emploi. Là, un éblouissement m'a prise, et j'ai failli me trouver mal. Les honnêtes gens ne devraient jamais devenir des assassins, ça les rend malades. C'est dans un vrai brouillard que j'ai entendu Edmond remonter au bout de quelques minutes interminables. Il m'a dit : « C'est fait. Je n'ai même pas eu de calcul à faire. Ton père avait pris la précaution d'étiqueter chaque bouteille au chiffre de son âge. Celle que j'ai... euh, traitée, était marquée 56.

— Oui, c'est ça, cinquante-six ans.

— D'ailleurs ça collait avec le millésime du montrachet, 1940. »

Il a refermé la porte de la cave, a remis les clés à leur place sur le tableau. « Filons ! a-t-il chuchoté brièvement. Nous n'avons aucune raison de nous attarder ici. »

Et c'est au moment où nous allions sortir que nous avons entendu entrer le cambrioleur. Juste le temps de nous enfermer !

« Tant mieux, au fond », m'a soufflé Edmond, pendant que nous cavalions dans le jardin, puis dans la petite rue de derrière où il avait arrêté sa voiture, avec la hantise d'entendre des pas marteler le sol à notre poursuite. « Comme ça, s'il y a une enquête, c'est lui qui portera le chapeau ! »

Mardi 31 janvier

Je sais que je ne devrais pas écrire tout ça, que c'est dangereux, et qu'Edmond me ferait tout de suite brûler ce cahier, mais c'est plus fort que moi, il faut que je me délivre, j'ai l'impression de partager mes angoisses avec le papier. D'ailleurs, je suis sûre que personne ne mettra jamais la main dessus, je l'ai trop bien caché.

Qui a eu l'idée le premier ? Moi, une fois, j'avais lancé ça en l'air, je pensais à du vinaigre pour emmerder papa, lui gâcher son plaisir égoïste. Et puis il y a eu cette dispute terrible, j'ai été obligée de partir, et il n'a pas levé le petit doigt pour me retenir. Maintenant, je vis avec l'argent qui me vient de maman, ce n'est pas énorme, et ça file à toute allure... En fait, je crois que c'est Edmond qui en a reparlé, comme ça, un jour que je râlais contre mon père. Il m'a dit à peu près : « A t'entendre, ce n'est pas du vinaigre qu'il lui faudrait dans son vin, à son prochain anniversaire, c'est de la mort-aux-rats. »

Je me souviens qu'à ce moment-là, nos regards se sont croisés, que nous avons ensemble détourné les yeux, et qu'ensuite, pendant dix minutes, nous n'avons plus dit un mot. Je crois aussi que c'est là que l'idée a commencé à faire son chemin.

Mercredi 1er février

Hier soir, coup de fil affolé de Marcel. En rentrant, lui et papa ont trouvé Baskerville mort dans le jardin. Ils ont tout de suite pensé à un cambriolage, mais rien n'avait disparu, et dans la maison tout était resté en ordre. Ils n'y comprennent rien. Nous non plus d'ailleurs, ou alors c'est nous qui avons fait peur au voleur, qui n'avait pas commencé son travail et qui s'est sauvé sans rien prendre. Marcel a appelé son copain, qui travaille chez des voisins, et qui était chargé de faire faire à Baskerville sa promenade hygiénique en même temps que ses petits besoins. L'autre larbin lui a confirmé être venu hier matin et n'avoir pas trouvé Baskerville. Il l'a cherché, l'a appelé dans le couloir et dans l'escalier, qu'il a monté jusqu'au premier étage. Il a fini par se dire que quelqu'un de la famille avait dû venir le chercher, puisque aucun désordre n'indiquait le passage de malfaiteurs. Il n'avait pas pensé à aller fouiller derrière les massifs du jardin. Marcel, lui, l'a fait, et c'est là, bien sûr, qu'il a trouvé le cadavre, à l'endroit où Edmond l'avait jeté.

Finalement, aucun dégât n'ayant été constaté, papa n'a pas jugé utile de porter plainte.

Jeudi 2 février

Cette nuit, j'ai rêvé de papa. Il buvait comme un trou, et toutes ses bouteilles y passaient, jusqu'à des numéros inconnus, mais ça ne lui faisait aucun effet. Il restait debout, à me regarder en rigolant méchamment, tandis que j'essayais de conduire une voiture dont toutes les commandes étaient des boutons où étaient inscrites les destinations, comme dans un ascenseur. Il faut dire que j'ai présenté quatre fois le permis sans avoir pu l'obtenir.

Je me suis réveillée à court de respiration, le front en sueur. Je me suis levée pour boire un peu d'eau, et Edmond m'a demandé d'une voix pâteuse où j'allais.

« Ce n'est rien, lui ai-je dit. Dors, je reviens. »

Je n'ai pas pu me rendormir. Des idées noires m'ont rongée, et j'ai repensé à la façon dont tout ça s'est mis en marche. Je n'arrive plus à situer quand et comment nous nous sommes décidés, ni surtout lequel a influencé l'autre. Edmond prétend que c'est moi, mais le truc de la seringue, c'est bien de lui, même que César a eu l'air de trouver ça ingénieux, le jour où on en a parlé, au café. C'est vrai qu'il ne s'agissait alors que d'une mauvaise farce. De là à...

J'ai frissonné. Me sont revenues en mémoire des choses que nous nous étions dites, qu'on n'avait pas le droit de traiter sa famille comme ça, que si

Brice était mort, c'était à cause de papa et de son caractère de chien, que moi-même j'avais des droits, et que je me trouvais à peu près en état de légitime défense... Mais le poison, qui, le premier ou la première, a parlé du poison ? Je crois que c'est venu insensiblement, dans une sorte de surenchère verbale que nous avons montée comme une mayonnaise, pour nous convaincre que nous avions le droit de le faire.

Le poison, je sais ce que c'est, Edmond ne me l'a pas caché. C'est un remède employé à doses microscopiques contre certaines maladies du tube digestif. Il y a de la strychnine dedans. J'ai demandé à Edmond s'il en fallait beaucoup pour faire de l'effet. Non, mais il m'a fait remarquer que mon père avait l'habitude de déguster les vins, et que son palais devait y être exercé. Il fallait donc que la dose soit massive, et la première gorgée mortelle, afin qu'il n'ait pas le temps d'analyser le goût du pinard. Aussi, Edmond a mis le paquet : une grosse seringue pleine.

« De toute façon, c'est plus humain, m'a-t-il expliqué. Ton père n'aura pas le temps de souffrir. Il ne se verra même pas mourir. »

Vendredi 3 février

Je vois approcher avec terreur la date du 8 février, anniversaire de papa. J'en suis encore à me demander si nous avons bien fait, si ça ne va pas nous retomber sur le coin de la figure. Et puis je réalise que le temps presse, que bientôt je serai sans le sou, et que ce n'est pas Edmond, avec sa bourse, qui pourra faire bouillir la marmite, comme on dit. Le choix, on ne l'a plus, mais est-ce qu'au moins on est sûrs que tout nous reviendra ? Un besoin de me rassurer, impérieux, féroce, m'a saisie. Si nous avions fait tout ça pour rien ! Je me suis dit que j'allais essayer de revoir César. Lui pourra peut-être me dire quelles sont mes chances.

Hier, je lui ai téléphoné à son bureau. Il m'a tout de suite parlé de Baskerville, dont Marcel lui a appris la mort. Lui non plus ne comprend pas ce qui s'est passé. Bien entendu, je ne lui ai rien dit de notre expédition, et si l'hypothèse de cambrioleurs lui est venue à l'esprit, comme à celui de tout le monde, il se demande, aussi comme tout le monde, ce qui a pu empêcher le visiteur, une fois débarrassé du chien, de tout emporter dans la baraque... De fil en aiguille, j'ai alors amené ma question, comme ça, de façon désinvolte, comme si ça m'était venu à l'esprit sur le moment. Il m'a semblé qu'il hésitait un peu.

« Écoute, tu veux lundi ? » a-t-il enfin proposé.

J'ai enchaîné vivement : « Au petit bar habituel, dans l'après-midi ?

— D'accord, six heures, mais tu sais, je ne t'apprendrai rien de plus, ton père est toujours placé devant la même impasse : l'État, les œuvres ou moi, trois solutions dont il ne veut absolument pas entendre parler. Et toi, tu as toujours droit à ta réserve légale, qui d'ailleurs, du fait que Brice a disparu, atteint maintenant un taux plus élevé. »

Je suis restée sidérée. Ça, ça devenait intéressant. Je n'avais pas encore envisagé cet aspect du problème. Et puis je me suis dit qu'il se posait à présent de façon différente.

De toute façon.

Samedi 4 février

C'est vrai qu'Edmond et moi, on parle de Brice le moins souvent possible. Edmond m'a dit, un peu après son accident, qu'il s'en sentait un peu responsable. Bien sûr, il l'a dépanné quand le besoin s'en faisait sentir, mais ce n'est quand même pas lui qui lui a donné le goût de la drogue, et lorsqu'un copain est dans la merde, on fait ce qu'on peut pour lui, sans trop jouer les donneurs de leçons.

Là où peut-être il a été imprudent, c'est quand un jour, au hasard de la conversation, il nous a expliqué comment les pharmaciens gèrent leurs stocks de stupéfiants, où ils le mettent généralement, et le code par lequel ils le désignent. C'est sans doute pour ça que, l'autre nuit, le pauvre Brice a cru pouvoir s'en procurer facilement. Non, le vrai salaud, l'ordure, c'est sûrement l'un des loubards qu'il fréquentait, celui qui a téléphoné aux flics pour les avertir de son coup contre la pharmacie. Il paraît que la police a des indics dans tous les milieux.

Lundi 6 février

Il ne se passera rien après-demain. Tout est foutu ! Quand la guigne s'y met ! Mais qui aurait pu prévoir ça ? Et l'on aurait dit qu'Edmond l'avait pressenti, il rechignait à l'idée que je rencontre César, pas qu'il soit jaloux, non, mais il a l'air de s'en méfier, de le craindre un peu même. Pourtant, César a toujours joué franc jeu avec nous. Et un petit fonctionnaire comme lui, ça ne peut pas être dangereux, papa le dit toujours. D'ailleurs, qu'est-ce que ça aurait empêché, que je ne le voie pas ? Les choses sont ce qu'elles sont, et au moins, maintenant, on sait à quoi s'en tenir.

Bref, on avait commencé par des banalités. Il m'avait confirmé que ma réserve légale serait plus élevée, maintenant que je suis seule descendante directe, et il m'a même demandé comment je m'en sortais, ce qui nous a ramenés par la bande à cet héritage partiel que j'avais eu de l'argent de maman, ainsi que sur la manière dont papa avait eu l'air de consentir à ce que j'en dispose, alors que tout simplement il ne pouvait pas s'y opposer.

« Ton père, a ironisé César, c'est comme les religions, qui ne sont tolérantes que dans la mesure où elles ne possèdent pas les moyens matériels de l'intolérance. Il feint d'accorder ce qu'il ne peut refuser. Et là encore, tu vas voir que, tôt ou tard, il va jouer la comédie de l'indulgence, il va faire la grande âme.

— Tu crois ? ai-je dit faiblement.

— Il y est acculé. Tu ne dois pas céder à son chantage, ça lui ferait trop plaisir. »

J'ai acquiescé, mise en confiance. « C'est vrai qu'il est chiant ! Surtout qu'on n'a aucun moyen de pression sur lui, il n'a pas de faiblesses.

— Ne crois pas ça, a ricané César. Il en a au moins une, la coquetterie de l'âge. Il se plaît à croire qu'il a un an de moins... peut-être deux l'année prochaine. »

J'ai écarquillé des yeux perplexes. « Là, je ne comprends pas.

— Je dois la confidence à Brice, et je me la suis fait confirmer de façon perfide, le soir où nous sommes descendus tous les deux à la cave, prétendument pour choisir les vins. Dis-moi, il est bien né en 40, non ?

— Oui, c'est un chiffre qu'on n'oublie pas, l'an 40.

— ... et dont on aurait tort de se foutre. Eh bien, il se plaît à penser aujourd'hui qu'il n'est né qu'en 41, un an de moins ! Tiens, la bouteille qu'il vide chaque année à son anniversaire, elle est censée avoir son âge ? Non, il a triché. Celle qu'il boira le 8 février sera celle qui correspond à cinquante-cinq ans, et non pas aux cinquante-six qu'il aura réellement... Mais qu'est-ce que tu as ? Tu as avalé de travers ? »

Je crois bien que j'avais recraché toute ma gorgée de café sur la table. Je me suis sentie tout d'un coup comme vidée de mon sang, toute faible, avec la tête qui tournait. César s'était levé précipitamment. Il a demandé un verre d'eau et m'a donné des petites tapes dans le dos. Je recevais les choses à travers un vertige suffocant des yeux et des oreilles. J'ai fini par bredouiller : « Ce n'est rien, César, un malaise... ça m'arrive quelquefois, mais ça va passer...

— Je vais te ramener.

— Non, non ! ai-je presque crié, Edmond s'inquiéterait pour rien, ça n'en vaut pas la peine, merci, merci... »

Il n'a pas osé insister. Après un petit moment, je suis repartie comme une somnambule, une seule pensée dans la tête : un an, un an putain, comme disent les marionnettes de la télé, il nous faudrait encore un an à partir d'après-demain avant de nous en sortir ! Et comment allions-nous faire, on ne tiendrait pas jusque-là !

Quand je suis rentrée, rien qu'à me voir, Edmond, assis sur le bord du lit, s'est levé d'un bond. Je devais être pâle à faire peur.

« Qu'est-ce qu'il y a ? s'est-il exclamé. Des problèmes pour la succession ? »

J'ai fait « non » de la tête, avant d'articuler péniblement :

« Tu ne vas pas être content, Edmond... »

En quelques mots hachés, je lui ai fait part des révélations de César. Il est resté immobile debout, une bonne minute, puis il a crié « Merde, merde, merde ! » plusieurs fois, en frappant d'un de ses poings sur la paume de l'autre main. Et il a ajouté, d'une voix blanche de rage : « Encore un an à attendre ! »

Ça, je le savais déjà. Et même si le plus gros était fait, ce n'était pas une consolation.

Vendredi 10 février

Je reprends la plume aujourd'hui, sans avoir écrit pendant trois jours, et je suis sens dessus dessous. Depuis avant-hier, j'ai l'impression que le ciel m'est tombé sur la tête, que je me déplace en plein brouillard. Je ne sais même pas si j'ai de la peine. Tout ça est encore très vague, complètement nébuleux, comment dit-on déjà, abstrait. Mon père, je n'arrive pas à l'imaginer mort. Déjà que de lui vivant, je n'ai pas tellement de souvenirs ! Petite, je le voyais à peine, c'était quelqu'un qui allait, venait, lançait des paroles sèches, et je ne savais pas encore que, plus tard, ce serait pire. La dernière image que j'en ai gardée, c'est sa bouche mince, qui me disait d'un ton dédaigneux : « Ah, tu veux t'en aller ? Eh bien, la porte est ouverte, bon vent ! »

Cette nuit-là, quand j'avais raccroché l'appareil, je ne comprenais plus rien à rien. Edmond non plus, mais lui, il a toujours une explication à tout.

« Ton cousin t'a raconté des craques ! » m'a-t-il

lancé, après qu'on a eu retourné ça dans tous les sens. « Sans doute que ça l'amuse, de se foutre de toi.

— Et pourquoi il l'aurait fait ? ai-je crié, piquée au vif, qu'est-ce que ça lui rapportait ? Et puis ce n'est pas son genre, la rigolade ! »

J'ai ajouté, parce que là, Edmond m'avait vraiment mise en boule : « Après tout, peut-être que c'est toi qui t'es trompé de numéro, tu as dû prendre le 55 pour le 56. Remarque, c'est bien tombé, on ne va quand même pas s'en plaindre. »

Il y a eu un silence. Tous les deux, on pensait à ce qui était arrivé, à ce qui, maintenant, allait arriver. Impensable ! Papa avait donc été empoisonné. Ou alors s'était empoisonné ? Non, pas le style.

« Qu'est-ce qu'on va faire ? ai-je demandé à Edmond, d'une voix que les nerfs avaient portée au bord des larmes.

— Qu'est-ce que tu veux qu'on fasse ? » a-t-il répondu, sur un ton faussement détaché où vibrait une sourde impatience. « On attend. Qu'est-ce qu'il t'a raconté, Marcel, exactement ?

— Je ne me rappelle pas bien. Et lui-même, il n'a pas l'air de savoir où il en est. Complètement à côté de ses pompes. Il veut que j'aille là-bas... »

C'était lui, Marcel, qui naturellement avait découvert le corps. Enfin, d'une certaine façon. Il avait servi l'entrée à papa et débouché la bouteille de vin. Puis il était retourné à la cuisine pour préparer le plat. Il avait entendu du bruit dans le salon. Il était allé voir, et il avait trouvé papa allongé par terre, à côté d'un verre brisé. Il ne bougeait plus. Marcel avait pensé à une crise cardiaque. Après avoir tenté sans succès de le ranimer, il avait appelé le Samu. L'équipe était arrivée très vite, avec masque à oxygène et tout le tremblement, mais ils n'avaient pu que constater le décès. Complètement désemparé, Marcel m'avait alors appelée pour que je vienne, parce qu'il ne savait plus quoi faire.

J'ai demandé à Edmond de me conduire au Vésinet. Il n'a pas dit non. Il a roulé très vite. Lorsque nous sommes arrivés, il devait être à peu près onze heures du soir. Le porche était éclairé. Il y avait des voitures dans le jardin, tous phares allumés, avec des gens qui allaient et venaient. Edmond, très nerveux, m'a dit : « Je crois qu'il ne serait pas décent que je me montre. »

Pas prudent, surtout. J'ai machinalement acquiescé. Il a repris, comme saisi de scrupules : « Comment tu vas rentrer, après ?

— Je prendrai le R.E.R. De toute façon, cette nuit, je suis obligée de rester là.

— Tu vois, a-t-il fait remarquer, si tu avais eu ton permis, tu aurais pu avoir une voiture. »

C'était bien le moment ! J'ai haussé les épaules tandis qu'il repartait. Je suis entrée, croisant sur les marches du porche des gens qui me dévisageaient, mais personne n'a fait mine de m'arrêter. J'imagine que je devais avoir la figure assez décomposée pour que mon identité ne fasse pas de doute. S'ils savaient !

Dans le couloir, Marcel se tordait les mains. C'est drôle, mais j'étais sûre qu'il ferait ça. A ma vue, il a levé les bras en l'air, puis il les a rabaissés, comme pour une sorte de bénédiction *urbi et orbi*, et il a crié : « Ah, mademoiselle Germaine, quel malheur ! Qui aurait dit ça, il y a seulement deux heures ! Monsieur était si vaillant ! »

Bravo La Palice. J'ai demandé, d'une voix que je n'ai pas reconnue moi-même : « Où il est ? »

On l'avait allongé sur son lit, les mains déjà croisées sur la poitrine, les yeux fermés. Il avait l'air encore plus sévère mort que vivant. Marcel m'a chuchoté : « Il semble, mademoiselle Germaine, que nous ne puissions garder le corps ici.

— Pourquoi ?

— Ce n'est pas une mort naturelle. Ces gens auraient diagnostiqué un empoisonnement, dont ils se demandent s'il a été volontaire. Ils ont saisi la bouteille de vin afin de l'analyser. »

J'ai tremblé intérieurement. Heureusement qu'Edmond avait mis des gants ! J'ai repris, sur un ton grelottant d'une angoisse que Marcel a prise pour du chagrin : « Pourquoi ? Pourquoi, Marcel ? Ils l'emmènent où, maintenant ? A l'hôpital, non ?

— Non, mademoiselle Germaine. Quand il y a eu mort violente, l'autopsie est obligatoire. D'ailleurs, le Samu a cru devoir appeler le commissariat de police... »

Du menton, il m'a montré un jeune homme un peu débraillé, qui discutait avec deux agents, en bas du porche. A ce que Marcel avait cru comprendre, il s'agissait d'un inspecteur attaché au commissariat du Vésinet, mais il avait déjà parlé de saisir le S.R.P.J. de Versailles dès le lendemain.

« Ça ne me dit pas où ils vont transporter papa, Marcel.

— A l'Institut médico-légal, mademoiselle Germaine.

— C'est quoi, ça ?

— La morgue, mademoiselle Germaine », a-t-il répondu d'un ton comme étouffé de pudeur.

J'ai frissonné. Le reste de la nuit s'est déroulé à la façon d'un cauchemar, rythmé par les allées et venues, puis les interrogatoires. Marcel d'abord, moi ensuite. J'ai dû leur dire où j'étais cette nuit, leur donner mon adresse à Paris et le nom d'Edmond. Le jeune inspecteur, qui devait être de garde cette nuit-là, était grognon, sans patience. On voyait qu'il était pressé d'expédier la corvée. Marcel n'avait rien pu lui apprendre d'utile. Le rituel de l'anniversaire s'était au début passé normalement. La bouteille de mon père, qu'il était allé lui-même chercher à la cave, Marcel l'avait débouchée. Il avait servi l'entrée, commandée l'après-midi chez un traiteur renommé, puis il était retourné à la cuisine afin de réchauffer le plat principal, du veau Orloff, de la même provenance. C'était alors que le drame s'était produit.

J'ai appris à cette occasion que ce qui restait de coquillages à la crème, le veau Orloff, la bouteille de montrachet, et même les débris du verre à vin, tout cela avait déjà été mis sous plastique en vue d'analyse. Moi, aux questions, j'ai déclaré simplement que ça faisait trois mois que j'avais quitté la résidence, et que depuis je n'avais pas revu mon père. Je croyais que tout était fini quand cet abruti de Marcel a brusquement remis Baskerville sur le tapis. L'inspecteur a eu l'air intéressé. Il a posé pas mal de questions sur cet incident et a paru sceptique quand on lui a dit que rien n'avait été volé, et qu'aucune déprédation n'avait été constatée dans la maison. Il a regretté au passage qu'une plainte n'ait pas tout de même été déposée, et s'est enquis de l'endroit où avait été enterré Baskerville : au fond du jardin, au pied d'un arbre. Il n'a pas écarté l'éventualité d'une exhumation aux fins d'autopsie. Pas si con, le petit flic, il a tout de suite vu le rapport.

Ensuite... eh bien, ensuite, le corps de papa, entièrement recouvert d'un drap, a été mis sur un brancard et porté dans une ambulance, comme on voit au cinéma. Après quoi, ils sont tous partis, très vite, comme saisis de frénésie, nous laissant en tête à tête Marcel et moi. Je lui ai dit que j'allais m'allonger dans mon ancienne chambre, et que je prendrais des somnifères pour pouvoir dormir un peu, ce que j'ai fait effectivement, plongeant dans un sommeil lourd, plus qu'agité.

J'en suis sortie hier matin avec la tête douloureuse et des paupières d'une tonne. Marcel, le dévoué Marcel, m'avait préparé un petit déjeuner, que j'ai avalé machinalement. Il m'a demandé s'il fallait avertir César.

« Bien sûr, ai-je répondu, on le doit, il est de la famille. Il est normal de prévenir tous ceux que ça intéresse... »

Après une hésitation, j'ai ajouté : « Y compris Me Mercoud, d'ailleurs. Lui aussi est maintenant concerné par le problème. »

Marcel n'a fait aucun commentaire. Il est revenu un peu plus tard, l'air encore plus sinistre que d'habitude. Le pauvre vieux ne sait plus où il en est, et en plus, peut-être qu'il se demande ce qu'il va devenir. Là, il a tort de se faire du souci, ce n'est pas moi qui le mettrais à la rue.

« Alors, ai-je demandé, comment il a pris ça, mon cousin ?

— Il a posé beaucoup de questions, mademoiselle Germaine. Il paraissait stupéfait, ce qui est bien normal, mais guère trop remué. Je ne crois pas qu'il portait tellement Monsieur dans son cœur. »

Il aurait bien été le seul, ai-je songé, sans toutefois exprimer cette opinion à haute voix.

« Et il vient ?

— Il avertit son bureau et il arrive. Il a demandé comment vous réagissez, mademoiselle Germaine. Je lui ai dit que vous étiez bouleversée, bien sûr.

— Merci, Marcel. »

Un peu plus tard, on a reçu un coup de téléphone de Versailles. C'était le service régional de la Police judiciaire, le S.R.P.J., comme ils disent. Ils me demandaient de passer dans l'après-midi à la Préfecture, pour signer des papiers en vue de l'autopsie et d'autres formalités, puisque j'étais le membre de la famille le plus proche du défunt. On a pris rendez-vous. Ensuite, moi, j'ai appelé Edmond, qui devait se ronger les sangs dans le studio. J'ai été vague, mais il a parfaitement compris. Il a dû, comme moi, entendre raconter des tas d'histoires sur les écoutes téléphoniques.

On a sonné à la porte du jardin pendant que nous échangions des banalités, à travers lesquelles j'essayais de lui faire comprendre en douce où en étaient les choses. Marcel a ouvert, puis est allé recevoir le visiteur. Je l'ai entendu discuter avec César, dont j'ai reconnu la voix. Il avait fait vite.

« Voilà du monde, je raccroche », ai-je dit à Edmond.

J'ai trouvé César et Marcel debout dans l'entrée, apparemment aussi perplexes l'un que l'autre. Après que nous nous sommes embrassés, j'ai remarqué un petit carton que mon cousin tenait à la main. Il insistait auprès de Marcel, à propos d'une question qu'il semblait lui avoir déjà posée.

« Vous en êtes sûr, Marcel ? Aucune visite depuis ce matin ? Et je suis le premier à sonner à la grille ?

— Je l'affirme, monsieur César. D'ailleurs, mademoiselle Germaine pourra vous le confirmer. Et je n'ai vu personne. Il est vrai qu'avec ces murs... »

César m'a montré ce qu'il tenait. « En arrivant, j'ai vu qu'on avait glissé ça sous la grille. Je l'ai ramassé... ? » Il a ajouté, le front soucieux : « Je crois qu'on va être obligés d'avertir la police, Germaine. La mort de ton père n'est pas un acte isolé. »

J'ai regardé le carton sans comprendre. Il y avait écrit, dessus, en lettres découpées dans des couvertures de livres, la phrase suivante :

SOUVENEZ-VOUS DE MONTE-CRISTO

TROISIÈME PARTIE

Nouveaux soliloques

Vingt-cinquième soliloque

Et voilà, le tour était joué. J'avais imaginé tant de stratagèmes, tous plus sophistiqués les uns que les autres, envoyer le message par la poste, le glisser dans un meuble pendant l'inévitable veillée mortuaire, et tutti quanti, alors qu'il suffisait de le découvrir moi-même sous la grille d'entrée ! Non seulement c'était simple, non seulement c'était sans risques, mais en plus cela épaissirait le mystère, et l'on se plairait à brosser l'image de ce fantôme meurtrier dont rien n'arrêtait le bras, qui se déplaçait à son gré et frappait où il voulait. En outre, je pouvais impunément y laisser mes empreintes, puisque j'étais censé avoir ramassé la petite pancarte en arrivant... Et ce détail me placerait sans peine au rang des témoins privilégiés, ce qui avait son importance.

Car il me fallait à présent bâtir mon alibi. Alibi moral plus que matériel, tant il deviendrait vite évident que le coupable, ayant agi à retardement, n'aurait pas à justifier du moindre emploi du temps. Alibi moral surtout, parce que si mon analyse de la psychologie de mon oncle avait été correcte, je me classais au rang de ses héritiers, en seule concurrence avec Germaine, à qui, logiquement, ne devrait revenir que la réserve prévue par la loi. Héritier, donc suspect : *it fecit cui prodest...* Mais alibi, j'ose le dire, plus que subtil, grâce à Chaubard et Solari. J'avais pris exemple sur cet édile parisien qui, soucieux de baisser le loyer de l'appartement municipal concédé à son fils, avait, en exhumant des critères jusqu'alors parfaitement négligés, réduit les loyers de tous les locaux identiques appartenant à la Ville, afin qu'on ne pût l'accuser de népotisme. Ainsi, le meurtre de l'oncle Charles, loin d'être perçu comme un cas particulier, entrerait aux yeux de la police dans le cadre collectif d'une entreprise de vengeance, éliminant ipso facto toute hypothèse relative à un crime d'intérêt.

Dès mon arrivée au Vésinet, j'avais pris l'initiative, feignant de n'accorder qu'une attention relative aux propos de Germaine sur les délais auxquels il fallait s'attendre pour l'ouverture du testament paternel. On pense bien que ça m'intéressait bigrement, mais je suis de ceux pour qui chaque chose doit être faite en son temps. Et l'urgence, pour l'instant, c'était l'enquête.

J'appelai donc directement le Quai des Orfèvres, sous les yeux effarés, voire apeurés, de Germaine et de Marcel. Je demandai à parler à un inspecteur appartenant au service qui s'était occupé des assassinats de MM. Chaubard et Solari, autrement dit de l'affaire Monte-Cristo. Contrairement à la légende, on me passa tout de suite le fonctionnaire idoine, qui se présenta : c'était le commissaire Jean-Claude Pupenier, dont je me demandai fugitivement s'il était ce flic aux allures britanniques déjà vu à la télévision. Je me présentai à mon tour, avant de déclarer : « Vous trouverez sans doute ma démarche singulière, monsieur le Commissaire, mais je crois que le serial killer responsable de ces deux forfaits vient de remettre le couvert. »

Je l'entendis respirer fortement au bout du fil, avant qu'il ne questionnât, sur le ton de la plus grande prudence : « Qu'est-ce qui vous fait croire ça, monsieur Brunel ?

— Je me trouve au Vésinet, dans la résidence de M. Charles Loupian, qui est... pardon, qui était mon oncle. M. Loupian a trouvé la mort cette nuit, à la suite de ce que vos collègues du S.R.P.J. de Versailles croient être une ingestion de poison. Ils ont tous les éléments, vous pouvez prendre contact avec eux.

— Un suicide ?

— On pouvait le penser jusqu'à ce matin. »

Encore un silence. Le commissaire me semblait un peu désarçonné. Pour une fois, ce n'était pas lui qui posait les questions.

« Poursuivez, monsieur Brunel. »

Je poursuivis : « Ce matin, en me rendant au

domicile de feu mon oncle, dont on venait de m'annoncer le décès, j'ai découvert, sous la grille d'entrée de la résidence, une carte qu'on y avait glissée... »

Je m'accordai une pause, destinée à tester la sagacité de mon interlocuteur. Ce fut positif.

« Souvenez-vous de Monte-Cristo, énonça le commissaire Pupenier, d'un ton neutre.

— Tout juste.

— Vous l'avez conservée, j'imagine.

— Bien évidemment. Je l'ai mise dans une pochette de cellophane. Mais ne vous étonnez pas d'y trouver mes empreintes, monsieur le Commissaire. Quand je l'ai ramassée, j'étais à cent lieues de me douter de ce que c'était.

— Quand pourrions-nous nous voir ? demanda Pupenier.

— Je suis à votre disposition. Cet après-midi, si vous voulez. J'habite Paris.

— Ça m'arrangerait, monsieur Brunel. Apportez la carte en question.

— Soyez sûr que je n'y manquerai pas. »

Je raccrochai après avoir enregistré les coordonnées qu'il m'indiquait. Je m'aperçus alors que Marcel et Germaine me regardaient avec des yeux ronds. Ils n'avaient pas perdu un mot de mon dialogue.

« Qu'est-ce que ça veut dire ? » demanda Germaine, dont l'élocution trébuchait sur les consonnes.

Je ne dédaignai pas de lui répondre. « Ça veut

dire qu'il s'agit là du troisième meurtre d'une série, ma cousine ! Celui qui a tué ton père hier soir a déjà trucidé deux autres personnes. »

Cette fois, elle dut s'asseoir, prête à tourner de l'œil. Elle paraissait absolument désemparée. « Tu... tu en es sûr ? articula-t-elle.

— C'est évident. Ce message est une signature.

— Mais pourquoi ?

— C'est bien ce qui reste à découvrir. Mais ça, ça ne nous concerne plus, c'est le travail de la police. »

Elle parla encore, dans une obstination que je jugeai légèrement infantile. « Enfin, César, c'est incroyable ! Et toi, comment tu peux être au courant de tout ça ?

— J'écoute la radio et je regarde la télé », répondis-je.

Vingt-sixième soliloque

Rentré à Paris vers midi, je me dépêchai d'aller au lycée, profitant de la solitude des locaux à l'heure du déjeuner. Je prélevai dans mes rayons le tome de la chronique de Jacques Peuchet où étaient relatées les aventures de François Picaud, et en photocopiai tout le chapitre. Je mis la liasse sous enveloppe. Je l'emporterais au Quai des Orfèvres, selon un plan qui, pour l'instant, se déroulait sans bavure.

Après déjeuner, j'achetai *France-Soir, Le Monde*

n'étant pas encore paru. J'y trouvai un entrefilet intitulé « Drame au Vésinet ». Le rédacteur écrivait que M. Charles Loupian, homme d'affaires bien connu sur la place de Paris, avait trouvé la mort en son domicile, la veille au soir, après avoir absorbé du poison. Une enquête était en cours afin de déterminer s'il s'agissait bien d'un suicide.

Au Quai des Orfèvres, on ne me fit pas attendre. Le commissaire Pupenier me reçut aussitôt. Je vis un jeune quinquagénaire, à la longue physionomie distinguée. Très anglais de traits et d'allure, tiré à quatre épingles, c'était bien celui que j'avais entrevu quelques mois auparavant à la télé. Il me serra la main, me fit asseoir, m'offrit une cigarette, que je refusai. Du coup, lui-même s'abstint de fumer : on commençait à avoir des usages, dans la police.

Posant sur son bureau l'enveloppe de cellophane contenant l'écriteau de Monte-Cristo, j'éprouvai une sorte d'ironique orgueil à réaliser que moi, l'assassin, je remettais en main propre à l'enquêteur chargé de mes crimes le message de mort que je délivrais. Pupenier prit l'enveloppe, l'examina sous toutes les coutures, mais n'en sortit pas le carton.

« Ça semble être la même, opina-t-il. Sous réserve d'analyse.

— A première vue, oui. »

Il me regarda dans les yeux. « Je veux d'abord vous remercier de votre diligence, monsieur Brunel. Si nous rencontrions plus souvent dans nos enquêtes une volonté de coopérer comme la vôtre, les choses nous seraient plus faciles.

— Eh, monsieur le Commissaire, repartis-je d'un ton bonhomme, Loupian, c'était mon oncle, il est normal que je m'implique. Toutefois, ce qui m'a poussé à entrer en contact avec vous, c'est moins le passé, fût-il immédiat, que le futur, si conditionnel paraisse-t-il. »

Pupenier perdait pied. Cependant, son éducation — certaine — et sa curiosité — indéniable — l'empêchaient de me manifester la moindre impatience. Il reprit d'un ton égal : « Poursuivez, monsieur Brunel. »

Ce que je fis sans tarder. « Gardez-vous de voir chez moi le syndrome d'un civisme exacerbé, monsieur le Commissaire, mais... »

Là, il m'interrompit. « Vous savez, monsieur Brunel, si exacerbé que vous qualifiiez votre civisme, il serait insuffisant à compenser l'incivisme rencontré quotidiennement dans l'exercice de nos fonctions.

— Merci. Posons donc que ce n'est pas le cas. En fait, un simple sentiment d'humanité me pousse aujourd'hui : je veux éviter un quatrième crime. »

J'avais fait mouche. Il cilla des paupières avant de s'exclamer, sur le mode prudent : « Diable, un quatrième crime ! En êtes-vous sûr ? »

Je me permis un sourire, affichant cette inquiète modestie, tout assortie de certitude, qui est celle des gens assurés de leur fait. « Rassurez-vous, monsieur le Commissaire, je ne suis pas extralucide. Je ne fais pas de rêves prémonitoires, et surtout je ne prétends pas vous apprendre votre métier. Il se trouve simplement qu'un concours de circonstances m'a mis en mesure d'appréhender le problème sous une optique que vous-même ne pouviez avoir. Et cette chance me permet aujourd'hui de vous donner le nom de la prochaine victime probable de cet assassin si littéraire : Allut. »

Il se leva à demi, les mains posées à plat sur son bureau. « Allut, vous dites ? Et vous savez qui c'est ?

— Je n'ai que ce nom, monsieur le Commissaire. Ni le prénom, ni le reste de l'état civil, ni l'adresse.

— Et pourquoi pensez-vous que la prochaine victime s'appellera Allut ? questionna-t-il, dans une irritation naissante.

— A cause du point commun que ma position m'a permis de découvrir entre toutes les victimes. Je suis documentaliste dans un lycée.

— Le point commun, vraiment ? »

Il y avait enfin de l'ironie dans sa réflexion. Sans doute commençait-il à se demander si je n'étais pas un affabulateur. J'enchaînai, impavide : « Mais oui, monsieur le Commissaire, un point commun. Je solliciterai d'abord un peu de patience de votre part, pour mieux poser le problème. Ensuite, je vous montrerai la preuve de ce que j'avance. »

Je mis sur le bureau la grande enveloppe de papier kraft contenant mes photocopies. Le regard de Pupenier s'hypnotisa dessus, mais il ne fit pas mine de s'en saisir. Il avait incontestablement reçu une bonne éducation.

« Une histoire, d'abord, lui dis-je, une histoire toute simple, d'amour, d'argent, de jalousie et de haine. Elle commence en 1807. » Je levai la main pour prévenir son objection. « Ne croyez pas que ce soit inutile, monsieur le Commissaire. Les crimes d'aujourd'hui ont souvent leurs racines dans l'hier. Souvenez-vous de Monte-Cristo... »

Il tressaillit, se redressa un peu sur sa chaise, le regard aigu. Je poursuivis : « En 1807, un jeune ouvrier cordonnier, qui travaillait en chambre à Paris, était sur le point d'épouser une bourgeoise très bien dotée. Cela suffit à exciter l'envie de quatre de ceux qui se prétendaient ses amis. Leurs noms : Chaubard, Solari, Loupian, Allut... »

Pupenier sursauta. « Vous avez bien dit Chaubard, Solari et Loupian ? s'exclama-t-il sourdement.

— Et Allut. Vous voyez, nous y venons... Je n'ai pas inventé cette histoire, monsieur le Commissaire. Elle est consignée dans une chronique de Jacques Peuchet, archiviste à la Préfecture de police au XIXe siècle. Vous avez sûrement cet ouvrage dans votre bibliothèque d'entreprise. Au passage, je me permets de vous signaler que Dumas n'a pas été le seul à piller Peuchet. D'autres l'ont fait, par exemple, Xavier de Montépin.

— Celui de *La Porteuse de pain* ?

— Celui-là, mais pour un autre de ses romans, intitulé *La Sirène de Paris*. Il s'y est inspiré du personnage de la Jabirowska, une aventurière polonaise qui, sous le nom de lady Olympia Guilfort, dévalisait et faisait disparaître les riches jeunes gens du quartier Saint-Antoine, dans le Paris de Louis XIV... »

Je posai ma main sur l'enveloppe.

« Moi, pour gagner du temps, j'ai photocopié le seul passage du livre susceptible de nous intéresser. Ceci est la preuve de ce que j'avance. Je vous le laisse, afin que vous puissiez l'étudier dans le détail. Pour l'instant, je me bornerai à résumer l'anecdote. Jaloux, donc, du jeune François Picaud, les quatre gredins... »

Je m'interrompis. Pupenier avait le regard fixe et semblait au bord de la transe. Il murmura enfin, la voix rauque : « Picaud, vous avez dit Picaud ? »

C'était à mon tour d'être décontenancé. Je répétai, très machinalement : « Oui. François Picaud. Pourquoi, vous connaissez un Picaud ? »

Sans répondre de façon directe, il me fit signe de continuer, avec un sourire un peu gêné. « Comment n'en connaîtrais-je pas, monsieur Brunel ? Il y a tellement de Picaud en France, dont plusieurs dans nos sommiers !

— Plus d'une soixantaine rien qu'à Paris, confirmai-je. J'ai eu la curiosité malsaine de consulter le Minitel... sans compter ceux qui sont sur la liste rouge, sans compter tous les Picaud de province et d'outre-mer, sans compter ceux dont la mère s'appelle Picaud, et qui, à ce titre, peuvent prétendre au titre de suspects de l'heure... Mais alors, ceux-là, pour les loger, comme vous dites ! »

Et je repris mon exposé, réduit aux faits essentiels. Pupenier m'écoutait sans m'interrompre. Cependant, à l'endroit de Fenestrelle, quand je citai l'abbé Farina, il protesta : « Faria, voulez-vous dire ?

— Non, Faria, c'est l'avatar qu'Alexandre Dumas a fait subir au personnage authentique, Farina, peut-être pour qu'on ne le confonde pas avec l'inventeur de l'eau de Cologne. Mais je vois que vous avez déjà fait le rapprochement...

— Il faudrait être idiot, concéda-t-il, dans un sourire un peu contraint. J'ai lu *Le Comte de Monte-Cristo* moi aussi. Je peux même prévoir ce qui va se passer quand Picaud sera libéré...

— Jusqu'à un certain point, monsieur le Commissaire. Car la réalité est toujours plus moche que la fiction. On aurait aimé que Picaud se retire sur une île de la Méditerranée en compagnie d'une séduisante bayadère, mais, hélas, ce ne fut pas le cas. »

Lorsque j'eus enfin terminé mon récit, je poussai l'enveloppe vers Pupenier, qui murmura, songeur : « Donc, vous imaginez qu'un descendant de Picaud...

— J'imagine d'abord que tout n'est pas à prendre au pied de la lettre dans la relation de cette malheureuse histoire. La seule source de Peuchet, c'est la confession d'Allut, qui n'était pas un personnage recommandable. Il dit n'avoir pu mettre la main sur la fortune de Picaud. Même si les conditions misérables dans lesquelles il a fini son existence peuvent le laisser croire, des questions restent posées. Et si cette fortune avait été retrouvée ?

— Mais puisque Allut...

— ... eh bien, sinon par Allut, du moins par les descendants des autres délateurs, et ce trésor serait alors à l'origine de leur fortune.

— Solari n'était qu'un cadre moyen.

— Ni Solari, ni peut-être Chaubard, encore que celui-ci n'ait pas été dans la misère. Mais Loupian, le frère de ma mère, celui qu'on vient d'assassiner ? Je n'ai jamais su, ni d'ailleurs ma mère, d'où provenait le patrimoine considérable de notre famille. Il y a eu les brasseurs, à la fin du siècle dernier. Et avant ? L'argent nécessaire à l'organisation d'une chaîne de brasseries ne se trouvait pas sous le sabot d'un cheval...

— Donc, à votre sens, vengeance à travers le temps ?

— La vendetta de Monte-Cristo multipliée par autant de générations que nécessaire. Ces choses-là se sont déjà vues, je ne vous l'apprendrai pas, et pas qu'en Corse. »

Le silence tomba entre nous. Pupenier était plongé dans ses pensées. Moi aussi, mais ce n'étaient pas les mêmes. Il me fit enfin remarquer : « Le Solari d'aujourd'hui n'a pas été tué à son domicile, comme l'autre. Quant à votre oncle... »

J'avais prévu l'objection, que je réfutai aisément : « ... mon oncle n'a pas été poignardé dans le jardin des Tuileries, je sais. Même l'écologie criminelle a évolué, monsieur le Commissaire, si vous me permettez l'emploi d'un terme galvaudé et réduit à son acception la plus limitée. Chaubard a bien été tué dans les mêmes conditions que son ancêtre présumé parce qu'on a voulu faire un symbole de ce premier meurtre. Et le chien de mon oncle a été empoisonné dans des conditions identiques à celles qui ont vu la suppression de son aïeul canin. Voilà pour le respect du canon. En ce qui concerne la suite du programme, il aurait fallu que l'assassin soit bien obtus pour risquer de ruiner son plan en appliquant aveuglément la lettre au détriment de l'esprit ! L'important, pour lui, c'est de gagner, plus que de participer, comme disait l'autre connard. »

Le commissaire me lança un regard surpris, presque scandalisé. Était-il de ceux pour qui le sport est tabou ? Il n'avait pourtant pas l'air trop bête. Quelque chose, toutefois, devait le préoccuper, car il questionna soudain : « Ceci n'est pas un reproche, monsieur Brunel, mais enfin, pourquoi avoir tant attendu ? Nous aurions pu prendre des dispositions pour faire protéger votre oncle.

— Eh, mon cher monsieur, m'écriai-je en souriant franchement, c'est que Peuchet n'était pas l'un de mes auteurs de chevet ! J'avais lu sa chronique il y a des années, et le seul souvenir que j'en avais gardé, c'était qu'il y avait dedans un gredin qui s'appelait comme ma mère. Chaubard, Solari, Allut, étaient enfouis dans les brumes de l'oubli.

C'est justement le meurtre de mon oncle qui a été, si j'ose dire, l'étincelle. Loupian, plus Monte-Cristo, ça, ça parlait à l'esprit ! J'ai donc relu l'ouvrage, y découvrant ce que je vous révèle maintenant, avec la même surprise qui est la vôtre !

— Je vois... Vous me laissez ces photocopies ?

— Elles sont pour vous. Qu'allez-vous faire, pour Allut ? »

Il ne parut pas se formaliser de mon indiscrétion. « Je vais suivre votre conseil, monsieur Brunel. D'abord le faire rechercher, et si je le trouve avant ce mystérieux descendant de Picaud, le protéger... »

Il se leva, me tendit la main, pour me signifier que l'entretien était terminé. « Encore merci de votre coopération, mon cher monsieur. Le moins qu'on puisse en dire, c'est qu'elle m'aura été précieuse... »

Voilà que, tout à coup, il était fébrile, et visiblement pressé de me voir partir. Je ne comprenais pas pourquoi, et cela m'inquiéta confusément. Mais après tout, c'était moi qui lui avais souligné l'urgence des mesures à prendre, et je m'alarmais sans doute à tort.

En tout cas, je l'avais définitivement engagé sur une piste fallacieuse. Pendant qu'il consacrerait son temps et ses idées à traquer les Picaud ou les Allut, je n'avais plus qu'à attendre chez moi, dans le cynisme et la sérénité, l'ouverture du testament de l'oncle Charles.

Vingt-septième soliloque

Je m'étais juré de ne pas manifester une impatience indécente et peut-être dangereuse, mais j'étais tout de même sur des charbons ardents. L'oncle Charles avait-il réagi comme prévu ? Très franchement, je ne le voyais pas prendre une décision différente. Si je m'étais trompé, j'aurais fait tout ça pour rien. En tout état de cause, à l'heure qu'il était, le notaire, Me Mercoud, devait avoir été informé de la mort de son client. Quels délais fallait-il à présent compter pour l'ouverture officielle du testament ? J'imaginais sans peine que Germaine avait déjà dû prendre contact avec l'homme de loi. La salope avait négligé de m'en informer. Alors, appeler Marcel ? Une étrange pudeur me l'interdisait. Malgré mon appétit de jouissance, je restais plus loup que vautour.

La soirée fut interminable, ma nuit sans sommeil. Le lendemain matin, je me rendis au lycée dans un état d'absence mentale caractérisée. J'avais acheté quelques journaux où, enfin, la mort de l'oncle Charles était traitée avec les égards que je lui souhaitais, la police ayant dû en communiquer à la presse les détails les plus significatifs. Je constatai que mes imaginations n'avaient pas été en reste sur les titres :

LA FIN TRAGIQUE D'UN GRAND BRASSEUR D'AFFAIRES
LES VENGEANCES DE MONTE-CRISTO
MONTE-CRISTO S'EN PREND À LA FINANCE
LA TROISIÈME VICTIME

Mais alors que pour Chaubard et Solari on avait à peu près occulté la personnalité des victimes, l'oncle Charles, lui, avait suscité des commentaires plus étoffés. On retraçait sa carrière exemplaire, on vantait sa science de grand financier, on rappelait sa lucidité de visionnaire, et l'on allait même, çà et là, jusqu'à évoquer les qualités de cœur qu'il apportait à l'exercice de son dur métier.

Bref, on nageait dans l'eau tiède de la convenance. Il suffit qu'un salaud soit mort pour le voir paré de toutes les vertus, surtout celles qu'il n'avait jamais possédées de son vivant. Si l'on apprend au vulgum pecus qu'on ne tire pas sur les ambulances, la santé des mœurs exigerait bien qu'on lui apprît enfin qu'il faut parfois tirer sur les corbillards.

Vingt-huitième soliloque

A quatre heures de l'après-midi, la sonnerie du téléphone me fit sursauter. C'était Marcel, et pour qu'il se fût décidé à m'appeler au bureau, c'est que ce devait être important. A entendre le son lénifiant de sa voix, je sentis le soulagement m'inonder d'aise. Tout est préférable à l'attente. Mais ce n'était pas ce que j'espérais : il n'avait rien à m'apprendre qui concernât l'ouverture du testament. A la sollicitation de Germaine, il avait bien lui-même téléphoné au cabinet de Me Mercoud, le notaire de la famille, mais il n'avait obtenu que son premier clerc, Me Mercoud se trouvant momentanément absent. Mis au courant, le tabellion lui avait affirmé que, dès son retour, Me Mercoud prendrait les dispositions nécessaires pour convoquer les ayants droit, mais qu'étant donné les circonstances, les choses risquaient de se compliquer avec l'intervention de la police. De toute façon, il faudrait compter quelques jours.

« Et depuis ?

— Depuis, j'ai essayé de joindre mademoiselle Germaine. Elle m'a donné son numéro à Paris. Cela ne répond pas, monsieur César.

— Bizarre, commentai-je. Où peut-elle être allée ? »

Marcel toussota, et je vis dans ce préalable broncho-pulmonaire l'amorce d'une prudente sollicitation.

« Peut-être a-t-elle préféré s'éloigner, monsieur César. Le choc, et la perspective d'affronter la presse après la police... Monsieur Charles a une propriété du côté d'Arcachon.

— Je ne crois pas, répondis-je. La police a bien dû lui dire de ne pas s'éloigner, ainsi que tous ceux qui, de près ou de loin, avaient des liens avec mon oncle.

— Ah bon, fit Marcel, déçu. Justement, monsieur César, en l'absence de mademoiselle Germaine, je voulais vous demander...

— Oui, Marcel, allez-y, je vous écoute. »

La voix baissa d'un ton. « Depuis ce drame, monsieur César, les nuits, dans la maison, sont devenues très éprouvantes... la solitude, les souvenirs, je crois même entendre des bruits. Et je n'ai plus Baskerville pour me tenir compagnie. »

Étonné, je questionnai : « Vous désirez prendre un peu de distance, n'est-ce pas ?

— C'est cela, monsieur César. En attendant que les choses rentrent dans l'ordre, bien sûr. Mais ce que vous venez de me dire, à propos de la police...

— Allons, Marcel, dis-je gentiment, vous n'êtes pas assigné à résidence ! Il vous suffira d'indiquer au commissariat de Versailles où l'on peut vous joindre. Où, au fait ?

— Chez ma sœur, monsieur César, elle habite Meulan. Elle voudra bien m'accueillir quelques jours.

— C'est dans le même département, non ?

— Oui, monsieur César, les Yvelines.

— Alors, je pense qu'il n'y aura aucun problème. Ce qui me tracasse, pour l'instant, c'est l'absence de Germaine. Avez-vous téléphoné à Arcachon ?

— Oui, monsieur César. Sans succès... heu, monsieur César...

— Oui ?

— Qu'est-ce que je fais des clés ? La police voudra peut-être pouvoir entrer dans la maison, pour les besoins de son enquête, d'autant qu'elle n'a pas mis les scellés. »

Les clés, je les avais déjà, mais je ne jugeai pas utile de l'en informer.

« Quand comptez-vous partir, Marcel ?

— J'aimerais m'en aller ce soir, monsieur César. Une nouvelle nuit ici, j'avoue que je ne m'en sens pas le courage. Je n'emporte pas beaucoup de bagages, vous savez, juste de quoi patienter quelques jours, que les choses se tassent.

— Eh bien, faites, mais adressez-moi tout de suite ces clés par la poste. Je suis en relation avec le commissaire chargé de l'affaire, je lui ferai savoir que je me tiens à sa disposition s'il veut se rendre sur les lieux... Ah, donnez-moi aussi le code d'entrée. »

Il s'exécuta aussitôt : le chiffre n'avait pas changé. Par l'occasion, je lui demandai le numéro de téléphone de sa sœur, afin que je pusse éventuellement le joindre.

« Merci beaucoup, monsieur César. De votre côté, si vous avez des nouvelles de mademoiselle Germaine, voudriez-vous être assez bon...

— Bien entendu, je vous avertirai. Bonne nuit, Marcel. »

Il y avait pas mal d'ironie dans cette dernière formule, mais Marcel ne la perçut sans doute pas.

Pour moi, cette nuit-là fut relativement plus paisible : s'il fallait en croire Marcel, je ne devais rien attendre dans l'immédiat. Pourtant, quelque chose arriva, et cela vint du côté où je l'attendais le moins. Il n'était pas huit heures trente quand le téléphone sonna. J'étais debout, bien sûr, déjà douché, et je prenais une tasse de café soluble. Je décrochai, sur une voix que je n'identifiai pas immédiatement.

« Monsieur César Brunel ?

— Oui, c'est moi.

— Jean-Claude Pupenier. »

J'appréciai sur le moment que mon correspondant ne se fût pas donné son titre. Sans doute désirait-il placer notre entretien sur le terrain non officiel. Il reprenait, d'un ton neutre d'où tout sentiment était exclu : « Excusez-moi de vous déranger si tôt, monsieur Brunel, mais il serait très important que nous puissions nous voir. »

Je ressentis une pesanteur au creux de l'estomac. « Vous avez du nouveau ?

— Oui, mais je préférerais ne pas en parler au téléphone. Verriez-vous un inconvénient à venir au Quai ?

— Pas du tout », répondis-je, m'efforçant de contrôler, avec mon timbre, la sourde impatience qui m'avait saisi. « Quand ?

— Le plus tôt serait le mieux.

— Tout de suite, alors ? Je puis me libérer.

— Je vous en serais obligé, si cela ne vous pose pas de problème dans vos fonctions. »

Je raccrochai. J'étais perplexe, mais tout de même pas inquiet, le ton que Pupenier avait pris m'étant apparu comme plus qu'amical. Peut-être, puisque l'enquête policière prenait une connotation littéraire, allait-il me demander quelque recherche bibliographique ?

J'arrivai au Quai des Orfèvres vers neuf heures, où Pupenier me reçut immédiatement. Je lui trouvai le teint blême et l'œil éteint. Lui-même dut déceler mon analyse, car il me dit, en me désignant une chaise en face de son bureau : « Oui, cela fait deux nuits que je ne dors pas, mon cher monsieur... à cause de vous.

— Vraiment ?

— Vous avez joué le rôle du détective amateur bourré d'intuitions, que d'ailleurs vous m'avez livrées, mais ensuite le défrichage, le classement, la recherche des indices ou des preuves, tout cela nous incombe, à nous, pauvres flics de terrain, et nous réclame du temps comme du sommeil.

— Vous m'en voyez désolé, monsieur le Commissaire, raillai-je, sans aucune conviction.

— Justement, à ce propos, je voudrais vous demander si vous tenez à ce que je fasse état de votre collaboration lorsque l'enquête sera conclue. Ce serait la moindre des choses.

— N'en faites rien ! déclarai-je vivement. J'ai le

goût forcené de l'anonymat, et vous m'obligeriez en taisant mon nom. »

Alors même que je protestais, l'écho retardé de mes paroles éveilla ma vigilance.

« Mais vous me parlez de l'enquête comme si elle était sur le point d'aboutir !

— Elle l'est, répondit-il tranquillement. C'est normal, vous m'aviez donné le nom du coupable. Aussi, avant que l'annonce officielle en soit faite, me suis-je reconnu l'obligation — et le plaisir — de vous en tenir informé. Je vous devais bien ça.

— Je vous écoute », dis-je, prodigieusement intéressé.

Je réalisais soudain que, par rapport à notre première entrevue, nos positions étaient inversées. Maintenant, c'était lui qui parlait, et moi qui jouais le rôle de l'auditeur. La similitude des situations prit un nouveau relief lorsqu'il poursuivit : « Avant que d'en venir aux faits, me permettez-vous une petite digression littéraire ?

— Comment vous la refuser ? repartis-je en souriant. C'est un privilège que je m'étais accordé à moi-même avant-hier. »

Il reprit : « Oui, littérature et police peuvent s'interpénétrer. Vous le savez sans doute, beaucoup de romans ont, à leur origine, des drames authentiques, et d'ailleurs pas mal de nos auteurs contemporains semblent incapables de puiser leur inspiration ailleurs que dans le fait divers. Nous avons parlé la dernière fois d'Alexandre Dumas et Xavier de Montépin. L'affaire Cecilia Rogers a inspiré à Edgar Poe sa Marie Roget. Paul Bourget s'est servi des affaires Chambige et Peltzer pour *Le Disciple* et *André Cornélis.* Quant à Jean Genet, il a sublimé les sœurs Papin pour ses *Bonnes...* »

J'étais très étonné. J'avais souhaité un flic intelligent et cultivé pour mieux le brancher sur mon schéma d'alibi, et je commençais à craindre qu'il ne le fût trop.

« Revenons-en à Alexandre Dumas, murmurai-je, un peu mal à l'aise.

— Vous avez raison, je m'égare. Alexandre Dumas, donc. Bien entendu, vous avez lu *Le Comte de Monte-Cristo* ?

— Et relu récemment, monsieur le Commissaire.

— Vous savez donc qu'à la fin du roman Dantès a épousé une princesse orientale, Haydée ?

— Bien sûr.

— Eh bien, mon cher monsieur, il semble que Dumas ait transcendé une anecdote véridique. Cette jeune femme, rencontrée sur la route des Indes orientales, Picaud, lui, l'avait connue sur celle des Indes occidentales, autrement dit les Antilles. »

A présent, il commençait à m'agacer, ce flicaillon culturé. Je questionnai, assez sèchement : « Pourquoi aurait-il changé les choses ?

— Pour ne pas trop s'impliquer personnellement, riposta Pupenier. Alexandre Dumas, vous ne l'ignorez pas, avait du sang noir. Il était le fils du général Dumas, né Davy de La Pailleterie en Haïti, dans le territoire devenu aujourd'hui Saint-Domingue. D'ailleurs, *Le Comte de Monte-Cristo* a été longtemps reçu là-bas comme une sorte de bible. Par exemple, Bellegarde, l'un des plus célèbres écrivains haïtiens, se prénommait Dantès.

— Je ne vois pas trop le rapport avec ce qui nous occupe, fis-je observer à Pupenier d'un ton presque acerbe.

— J'y viens. Si vous avez lu attentivement la chronique de Jacques Peuchet, il y a, dans la vie de François Picaud, un "trou" de plusieurs mois : libéré le 15 avril 1814, il ne reparaît à Paris que le 15 février 1815.

— Oui, je m'en souviens, mais j'imagine qu'au sortir de sept années de prison Picaud a voulu se refaire une santé, en prenant ce que nous appellerions aujourd'hui des vacances au soleil. »

Il acquiesça en souriant. « Vous ne croyez pas si bien dire, monsieur Brunel. Vous, vous avez disposé d'une relation écrite. Moi, la circonstance a voulu que je bénéficie d'une tradition orale... »

Je dressai l'oreille. Je comprenais de moins en moins où il voulait en venir, et je m'en inquiétais. Il serrait ses mains l'une contre l'autre, doigt à doigt, dans cette posture affectionnée par les ecclésiastiques.

« ... Selon cette tradition, François Picaud aurait passé plusieurs mois en Haïti, où il aurait rencontré une très belle créole, elle-même passablement métissée, qu'il aurait épousée avant de revenir en

France pour faire justice. Il ignorait alors qu'il laisserait un fils derrière lui. »

J'ouvris la bouche, mais il leva aussitôt la main pour me demander de patienter encore.

« Toujours selon cette tradition, Alexandre Dumas lui-même, après avoir pris connaissance du rapport de Peuchet, se serait rendu en Haïti, à l'époque où l'île n'avait pas encore été partagée avec Saint-Domingue. Il y aurait recherché les descendants de François Picaud afin de compléter sa documentation.

— Hypothèse, non ? »

Il ouvrit l'un de ses tiroirs, en sortit un vieux livre patiné par le temps, qu'il poussa dans ma direction.

« Édition originale du *Comte de Monte-Cristo*, monsieur Brunel. Dédicacé par l'auteur, un exemplaire absolument unique, dont même les collectionneurs les plus bibliophiles ignorent l'existence. »

Les mains fébriles, j'ouvris le volume à la page de garde. Quelques lignes y étaient tracées, d'une écriture robuste :

« A la famille Picaud, dont le fondateur m'a inspiré le comte de Monte-Cristo, chaleureusement. »

La signature me cloua sur ma chaise, privé de réactions.

« Comment avez-vous eu ça ? questionnai-je faiblement.

— Le coupable me l'a exhibé, à ce qu'il croyait être sa décharge. Comme si une ancienne infamie pouvait absoudre un crime d'aujourd'hui ! Je l'ai tout de même fait saisir. Cette pièce figurera au dossier de l'instruction.

— C'est donc bien un descendant de François Picaud que vous avez arrêté, monsieur le Commissaire ?

— Il s'en flatte, précisa Pupenier. Il est l'héritier de cette longue tradition, où le méchant s'appelle Loupian, et que sa famille se transmet de génération en génération. Elle recoupe d'ailleurs assez fidèlement le récit de Peuchet, encore que les comparses, Chaubard, Solari, Allut y aient été négligés, voire oubliés. On s'y réfère en tout cas de façon constante dans la famille Picaud, avec cet hommage rendu à Dantès, le héros légendaire, le père fondateur, en somme : tous les premiers-nés se prénomment Edmond. »

Je devais me trouver dans un état de lucidité amoindrie, car mon attention réagit avec deux secondes de retard.

« Edmond ! m'écriai-je sourdement.

— Edmond Picaud, déjà interrogé par mes services en qualité de témoin, juste avant que vous soyez venu me voir, avant-hier, ce qui vous explique ma réaction... Oui, monsieur Brunel, l'ami de votre cousine Germaine Loupian.

— Où est-elle ? demandai-je d'une voix ténue.

— Le juge d'instruction l'a entendue hier après-midi, après quoi il l'a placée en garde à vue, ainsi que son ami. Vous en êtes le premier informé. La presse ne l'a pas encore été. Si vous désirez prendre contact avec l'avocat de la famille... »

Le fumier ! Il m'avait mis en condition pour mieux placer son estocade. Et sur mon propre terrain, encore ! Je tentai maladroitement une diversion. « Mais enfin, monsieur le Commissaire, une tradition ne constitue pas une preuve ! Sur quelles bases pensez-vous inculper ce Picaud ?

— Sur celle de ses aveux », répondit brutalement Pupenier.

Ces paroles me cueillirent à froid, comme un uppercut, au point que je perdis sur le coup le contrôle de mes réflexes, et que je m'écriai stupidement : « Pas possible ! »

Pupenier me lança un regard perçant. « Pourquoi pas possible, monsieur Brunel ? »

Je crois bien qu'alors je me mis à bredouiller. Il me fallut un effort considérable pour reprendre possession de moi-même. « Je... je le connais un peu, expliquai-je. Il ne m'a pas paru avoir une tête d'assassin... »

Là-dessus, je rectifiai, un peu trop vite : « A vrai dire, connaître n'est pas le mot. Je l'ai vu une fois... non deux. Ma cousine me l'avait présenté sous le seul prénom d'Edmond. Vous savez, monsieur le Commissaire, dans les usages de la jeunesse, aujourd'hui, les patronymes sont mis à l'écart.

— Je sais... Vous ne fumez toujours pas ? »

Je sursautai. La transition me déstabilisait, et je n'avais pas besoin de ça. Je dis, mollement : « Toujours pas, mais la fumée ne me dérange pas. Si quelques bouffées peuvent vous détendre... »

C'était moi qui lui conseillais de se détendre ! Tandis qu'il s'allumait une longue cigarette, très fine, elle aussi à l'air anglais, je crus devoir revenir sur le trouble que j'avais manifesté. « En fait, ce qui m'a surpris, ce n'est pas tant que cet Edmond soit coupable, c'est le fait qu'il ait avoué si vite. Est-ce que... »

Il se mit à rire franchement. « Non, non, monsieur Brunel, rassurez-vous. Nous ne pratiquons pas ici le passage à tabac, pas plus que le troisième degré, même psychologique. Il reste que c'est pourtant le psychologique qui a été déterminant dans ce dénouement... une sorte de psychodrame que j'ai mis en branle, je le reconnais, sans en prévoir les conséquences dans l'immédiat... »

J'écoutai avidement. Pupenier, donc, m'exposa d'abord les résultats obtenus par le laboratoire de la police judiciaire, qui avait reconstitué la technique du crime : on avait utilisé une seringue que, bien entendu, l'on n'avait pas retrouvée, et dont on saurait par la suite qu'Edmond Picaud s'en était aussitôt débarrassé... A cet endroit de son laïus, Pupenier me considéra attentivement.

« Ce détail semble vous avoir impressionné, monsieur Brunel. »

Malin, l'animal ! Il allait à présent falloir que je m'impose une vigilance de tous les instants.

« Effectivement, admis-je. Je dois vous dire que, la première fois que j'ai vu Edmond Picaud, lui, ma cousine et moi avions évoqué la possibilité de jouer un bon tour à mon oncle Charles que, je l'avoue, nous n'aimions guère. Il s'agissait de mélanger du vinaigre au grand cru qu'il dégustait à chacun de ses anniversaires. Il est exact que Picaud a alors suggéré l'idée de la seringue. Mais, je le répète, il n'était question que de vinaigre.

— Eh bien, dit Pupenier, un peu plus tard, le produit de base a changé de nature. Picaud, qui est étudiant en médecine, s'était procuré un médicament prévu pour certaines maladies du tube digestif et qu'on administre à doses très réduites, car il contient de la strychnine, dont je ne vous apprendrai pas que c'est un poison mortel. »

Je réussis à demeurer impassible. Ma voix n'avait pas varié d'un bémol quand je demandai : « Ça, il l'a avoué, Picaud ?

— Oui, lorsque nous en sommes arrivés aux détails. »

Tandis qu'il reprenait son récit, je songeais que si le brave Edmond avait injecté dans la bouteille la même dose que moi, l'oncle Charles avait dû être littéralement foudroyé. Je questionnai, sur le ton toujours très détendu que j'avais adopté : « Quand a-t-il fait ça ?

— Dans la nuit du 29 au 30 janvier, pendant une absence de trois jours de M. Loupian et de son homme à tout faire. La maison était vide, mais pour ne pas attirer l'attention des voisins, Picaud et votre cousine ont dû empoisonner le chien. L'examen de ses viscères a confirmé qu'il avait lui aussi avalé de la strychnine. D'ailleurs, c'est curieux, nos deux lascars ont prétendu n'avoir pas été les seuls intrus, cette nuit-là, dans la résidence. Il y aurait eu un cambrioleur, qu'ils n'ont pas vu, et dont personnellement l'existence me paraît douteuse.

— Ils lui ont peut-être fait peur, suggérai-je. En fait, c'est à ce cambrioleur mythique qu'on avait alors attribué l'empoisonnement de Baskerville.

— Pardon ?

— Du chien.

— Ah bon. En tout cas, là n'est plus le problème. Maintenant, ce qu'on peut se demander, c'est pourquoi Edmond ? Pourquoi pas, avant lui, son père, ou encore avant, son grand-père ? Question de gènes, de tempérament, d'éducation ?

— De circonstances, peut-être.

— Vous ne croyez pas si bien dire, monsieur Brunel. De ce méchant Loupian, les Picaud n'avaient jamais fait une fixation, ce ne sont pas les Atrides. Il n'était resté pour eux, au fil du temps, qu'un fantôme maléfique, l'ombre tutélaire du mal incarné, l'un de ces croquemitaines abstraits avec lesquels on fait peur aux enfants. Mais voici que Picaud rencontre Brice Loupian, voici qu'il apprend son nom. Et en même temps, que son père est très riche, du fait, il n'en doute pas, du crime et de la spoliation dont a été victime son propre aïeul. Charles Loupian devient à ses yeux l'héritier de celui qu'il rend responsable de la condition modeste, à la limite de la pauvreté, voire de la misère, à laquelle sa famille est réduite depuis le XIXe siècle ; vérité brusquement révélée qui sera le catalyseur de plusieurs générations d'aigreur et de rancune. Du coup, il se fait reraconter l'histoire à son début. Du coup, il va en chercher la confirmation écrite dans l'ouvrage de Peuchet, consulté à la Bibliothèque historique de la Ville de Paris. Du coup, il décide de calquer ses actes sur ceux de François Picaud, le vengeur... »

Je fermai les yeux pour que Pupenier ne pût saisir mon regard. Ainsi, Edmond et moi avions suivi des chemins parallèles. Ainsi, comme le dit à peu près le dicton, les grands esprits criminels s'étaient-ils rencontrés sur les sentiers de la malfaisance. Je récupérai le contrôle de ma voix pour interroger : « Et Picaud vous a avoué tout cela ?

— Pas tout de suite, reconnut Pupenier, souriant, un peu plus tard. Il a fallu d'abord que la vérité éclate, presque malgré lui, presque malgré moi, presque malgré Germaine Loupian. »

Il m'apprit alors qu'à sa demande le juge d'instruction avait procédé à une confrontation des deux principaux témoins. Tout d'abord, Edmond et Germaine en étaient restés à leur version des faits : ils ne savaient rien, ils n'étaient pas là le soir du crime. Ensuite, ils s'étaient murés dans le silence, mais, pour ébranler le mutisme d'Edmond, Pupenier avait mis au jour l'histoire de François Picaud. Il avait énuméré les étapes de sa vengeance. Ces étapes, il les avait rapprochées de l'itinéraire qu'il prêtait maintenant à Edmond

Picaud. Fin psychologue, le bougre. Il savait ce qu'il faisait en déballant devant Germaine sa petite reconstitution historique. Je croyais le voir, je l'entendais.

« Avant la mise à mort, le plat de résistance, il y avait les hors-d'œuvre, hein, Picaud ? Ceux qu'avait imaginés votre aïeul pour mieux punir son bourreau. Ainsi, la fille de la famille devait être séduite et abandonnée par un malfaiteur en rupture de galère. Ce n'était pas votre cas, mais vous aviez assez poussé votre science des Loupian pour savoir quelles étaient leurs tares. Le père Loupian étant un raciste viscéral, quel coup ce serait pour lui d'avoir un gendre pas tout à fait blanc ! Déjà, le pari était tenu sur le plan de l'opprobre, tel que Loupian lui-même le concevait.

— Quoi ! avait dû s'écrier Germaine, à ce point du discours, tu m'aurais abandonnée, Edmond ?

— Non, mademoiselle, avait expliqué Pupenier. Il ne vous aurait pas abandonnée, car il y a des accommodements avec Némésis. Picaud a fini par se dire que cette fortune, volée à son ancêtre, il était juste et moral qu'elle lui revînt. Et quel meilleur moyen que vous épouser ? Coup double ! Cependant, comme il voulait tout, sans partage, il lui fallait d'abord discréditer votre frère, afin qu'il fût écarté, et ses espoirs d'hériter réduits à la seule réserve légale. J'ai fait mener une enquête sur ce pauvre Brice. Il était en cheville avec de petits dealers, mais apparemment son vice était surtout encouragé par les facilités que lui consentait

Edmond Picaud. Et puis, tout à coup, patatras, plus de facilités, plus de porte ouverte vers l'extase ! Alors, il est en manque, votre frère, il devient fou, il est prêt à tout pour se procurer sa drogue !

— Ce n'est pas vrai, avait protesté Germaine, incrédule.

— Oh si, que c'est vrai ! Dès lors, le plan, implacable, était prêt à fonctionner, le même que celui imaginé un siècle et demi auparavant par François Picaud, au terme duquel le fils Loupian, le premier, a été amené à dévaliser un débit de boissons, puis à écoper de vingt ans de travaux forcés. Ce n'est plus un débit de boissons, c'est une pharmacie, évolution des mœurs oblige. Je pense qu'au cours d'une conversation prétendument amicale, à bâtons rompus, comme on dit, Edmond laisse tomber quelques paroles, précieuses informations aussitôt recueillies par Brice à l'affût de ces choses, sur la façon dont les stupéfiants sont classés et entreposés dans les officines spécialisées... »

Germaine, alors, avait bondi, le visage enflammé. Perdant toute prudence, elle avait jeté à Edmond Picaud : « Salaud, salaud ! Tu t'es bien joué de moi ! Mon père, j'avais fini par l'admettre, mais si j'avais su que tu voulais aussi te débarrasser de Brice...

— Tais-toi ! » avait crié Edmond.

Trop tard, l'aveu était enregistré, et Pupenier, qui n'était pas tout à fait dépourvu d'humanité, avait expliqué à Germaine qu'Edmond n'avait pas projeté de tuer Brice, mais seulement de l'écarter des dispositions testamentaires prises par son père. Car qui aurait pu prévoir l'issue tragique de la tentative ?

En tout cas, le point de non-retour ayant été atteint, Edmond n'avait pu choisir que la dignité. Là, je sortis de mes imaginations pour reprendre en marche le verbe de Pupenier.

« Voyez-vous, monsieur Brunel, même dans nos actes les plus immoraux, nous nous cherchons toujours une caution morale destinée à nous blanchir à nos propres yeux... »

A qui le disait-il !

« Bref, si Edmond Picaud a bien dû reconnaître avoir préparé la mort de votre oncle, il donne à son geste les couleurs de la justice plus que celles de la cupidité. D'ailleurs, au point où il en était, il nous l'a jouée chevaleresque, comme on dit aujourd'hui. Germaine, il l'avait influencée, manipulée, à peu près hypnotisée. Si elle avait été sa complice, c'était presque à son propre insu...

— Joli geste.

— Oui, d'une certaine façon. C'était sa partie Dantès. Mais qui ne met pas votre cousine hors de cause. On lui reconnaîtra simplement quelques circonstances atténuantes. »

Pupenier écrasa sa cigarette dans un cendrier, en alluma aussitôt une autre, cette fois sans solliciter mon accord. Le front soucieux, il tira quelques bouffées, avant d'enchaîner : « Reste que l'affaire ne peut encore être classée.

— Pourquoi ?

— Eh, parce que Chaubard et Solari ! » jeta-t-il, sur un ton proche de l'exaspération. « Croyez-vous que je n'aurais pas souhaité que Picaud endosse aussi ces crimes-là ?

— Il ne l'a pas fait ? demandai-je d'une voix amortie de prudence.

— Il les réfute absolument ! Comme il nie avoir déposé les messages Monte-Cristo, y compris celui que vous avez découvert sous la grille de la résidence Loupian. Et voyez-vous... vous pourriez me taxer d'un romantisme anachronique, incompatible avec la rigueur de mes fonctions, mais je crois aux accents de sincérité. Et ces accents-là, Picaud les a eus. En fait, c'est le concept même du crime qui l'a indigné. Il se veut justicier, pas assassin ! »

Pupenier ajouta, d'un air matois : « Au demeurant, il justifie de deux alibis pour les dates de ces crimes, dont l'un que j'ai déjà contrôlé. Quant à l'autre, le jour où Solari a été tué, Picaud se serait trouvé en travaux pratiques à la faculté de médecine de la rue des Saints-Pères.

— L'heure concorde ?

— L'heure concorde. Ce point d'emploi du temps est en cours de vérification auprès de ses professeurs et de ses condisciples. »

Je m'éclaircis la voix. « Qu'en est-il du premier alibi, relatif à Chaubard ?

— Eh bien, répondit Pupenier, de bonne grâce, figurez-vous que c'était en septembre dernier, avant la rentrée universitaire. Edmond Picaud, qui connaissait déjà Brice Loupian depuis un certain temps, avait résolu de mettre son plan à exécution, plan parallèle à celui de son ancêtre François. Et voyez où va se nicher la conscience professionnelle, il s'est payé un voyage au pays de ses racines, afin de bien s'imprégner de l'ambiance !

— Il vous en a fourni la preuve ?

— La meilleure possible. Haïti étant un pays étranger, il faut, pour s'y rendre, obtenir un visa que j'ai retrouvé sur le passeport de Picaud. Du béton, monsieur Brunel. »

Sans être vraiment inquiet, je commençais à trouver que l'entrevue avait assez duré. Je me levai donc à demi, tendant à Pupenier une main prudente. « Eh bien, je crois que le sujet a été traité de façon exhaustive, monsieur le Commissaire. Il me reste à vous remercier et à voir ce que je peux faire pour ma cousine.

— Trouvez-lui d'abord un bon avocat, me conseilla-t-il. Il y a quand même eu complicité de meurtre. »

Il retint ma main une demi-seconde, avant de conclure, mi-figue mi-raisin : « Au fait, monsieur Brunel, avant que vous partiez, je tiens à vous présenter mes félicitations.

— Pourquoi ? m'écriai-je en sursautant. Pour mes révélations ? Vous l'avez déjà fait.

— Non, non, pour cette fortune qui vous tombe tout à coup dessus. Vous voilà seul héritier de la fortune des Loupian, le fils étant mort...

— Mais ma cousine...

— Eh, je ne sais pas ce que décidera le jury sur

le plan pénal, mais même s'il ne reconnaît pas sa complicité active, ce dont je doute, elle n'a pas dénoncé le meurtre du de cujus, ce qui la prive ipso facto de la vocation successorale, selon le Code civil. »

J'en fus comme assommé. Certes, je connaissais cette disposition légale, mais dans la fièvre du moment, je n'avais pas établi de relation immédiate avec ce que je venais d'apprendre. Je balbutiai :

« Vous en êtes sûr ?

— Vous l'ignoriez ? »

Je rassemblai toutes mes facultés, m'efforçant de dissimuler mon trouble sous un sourire niais d'accordéoniste. « Maintenant que vous me le rappelez, si, peut-être, mais j'avoue n'avoir retenu de mon droit que les rudiments élémentaires.

— En tout cas, reprit Pupenier, vous voilà riche sans avoir eu à lever le petit doigt. Savez-vous que le destin vous a remarquablement servi ? Si j'étais porté à la métaphysique, je croirais presque que vous l'avez influencé, comme Edmond Picaud a manipulé votre malheureuse cousine. »

J'éprouvai la sensation immédiate, irrésistible, qu'à défaut de soupçons formels, mon interlocuteur avait de dangereuses intuitions, même s'il n'était pas en mesure de bien les concrétiser. Méfiance, plus que jamais...

« Allons, monsieur le Commissaire, fis-je placidement observer, ne me prêtez pas des pouvoirs supranaturels incompatibles avec mon état de petit fonctionnaire, pour reprendre l'expression favorite de feu mon oncle Charles.

— En tout cas, faites attention.

— A quoi ? demandai-je, sincèrement étonné.

— Eh, nous avons encore un tueur en liberté, celui qui a assassiné Chaubard et Solari, celui qui nous délivre ces messages énigmatiques. Et, par votre mère, vous êtes un Loupian, dernier héritier de la dynastie. Je ne voudrais pas avoir à reprendre l'enquête. »

Je décelai comme un défi feutré dans sa façon de dire les choses, et je m'entendis y répondre dans un accent de cynisme dont, à la seconde même où je parlais, je m'aperçus à quel point il était imprudent.

« Soyez tranquille, monsieur le Commissaire, ce n'est pas auprès de mon cadavre que vous trouverez le message *Souvenez-vous de Monte-Cristo.* »

ÉPILOGUE

Le dernier soliloque

Je rentrai à pied, marchant sur des nuages. J'étais ivre, moins de joie que de stupeur contenue. Je n'avais certes pas prévu un tel dénouement, et je me répétais les paroles de Pupenier : le destin avait poussé les pions à ma place. Jamais je n'aurais pu faire mieux. Comment avait-il dit, déjà ? « ... sans que vous ayez levé le petit doigt. » Il en avait de bonnes, ce commissaire à la gomme ! Et Chaubard alors ? Et Solari ? Et même l'oncle Charles, de qui j'ignorais que nous étions deux sur la bête !

C'est alors que, d'un seul coup, la réalité m'assaillit, avec la violence d'une lame de fond, me laissant pantelant, vidé de forces et d'instinct, recherchant l'appui d'un mur proche. Subjectivement, il avait eu raison, Pupenier, même si, dans l'analyse objective des événements, il avait tort. Tout ce que j'avais fait n'avait servi strictement à rien. Si j'étais resté chez moi, dans mon fauteuil, à regarder la télé depuis le début, les choses auraient suivi un cours identique et j'en aurais retiré le même bénéfice. Sauf que Chaubard et Solari seraient encore vivants ! Finalement, je les avais donc tués pour rien, ce dont la postérité se remettrait, mais qui m'avait fait courir des risques tout à fait inutiles. Je n'avais pas été si génial que ça !

Ce fut dans cet état d'esprit, oscillant entre la liesse et la consternation, que j'arrivai chez moi. Je trouvai dans ma boîte aux lettres un petit paquet plat, déposé au deuxième courrier du matin. Je l'ouvris. C'étaient des clés, et, sur l'instant, je ne me rappelai pas ce qu'elles étaient. Et puis je me souvins de l'accord passé avec Marcel. Au fait, je n'en avais pas parlé à Pupenier... il serait toujours temps.

Il était midi, mais je n'avais pas faim, et la seule idée de manger me nouait l'œsophage. Je ne déjeunerais pas. Et je ne me rendrais pas au lycée cet après-midi, je n'avais plus besoin de travailler. Je quittai d'une détente le fauteuil où je m'étais affalé, allai à mon bureau. Dans son tiroir le plus secret, je saisis les quelques écriteaux marqués SOUVENEZ-VOUS DE MONTE-CRISTO qui me restaient. J'en avais confectionné dix, mais je n'en avais plus l'usage ; Allut, je lui faisais grâce. Je me mis à les déchirer un par un. Au dernier, j'arrêtai mon geste. C'était tout de même là l'ultime témoignage de mon génie criminel, la preuve que j'avais vaincu le sort, les inhibitions, les impondérables et la police.

Je revins à mon fauteuil, regardai les clés de

Marcel, posées sur la table basse, à côté. Bien sûr, j'en possédais les doubles, prises à Brice, mais celles-là prenaient à mes yeux le caractère officiel de la passation des pouvoirs, l'aura de la conquête. Je glissai le carton dans ma poche pour les saisir à pleines mains, d'une façon brutale, presque charnelle. Alors que tout était demeuré abstrait chez moi, et notamment la fortune qui allait m'échoir, ce trousseau donnait à mon délire assagi une dimension enfin palpable. C'étaient les clés d'une résidence qui serait désormais la mienne, quelles qu'eussent été les dispositions prises par l'oncle Charles. S'il n'avait pas légué formellement tous ses biens à l'État, ce qui était proprement impensable de sa part, le patrimoine tout entier me reviendrait, puisque j'étais devenu le seul héritier légal à la succession. Non seulement l'argent, non seulement les titres et les propriétés, non seulement les parts aux conseils d'administration, mais aussi et surtout le bien à la jouissance immédiate, la somptueuse maison du Vésinet.

« J'y vais », grondai-je d'une voix rauque, que je ne me reconnus pas.

Ce début d'après-midi me vit au volant de ma Renault — il faudrait que je la change, celle-là ! — faisant diligence vers l'ouest, tout en m'astreignant à limiter ma vitesse, tant j'étais peu sûr de mes réflexes. Arrivé, je composai le code, le petit déclic de la grille résonnant à mes oreilles avec un son nouveau.

Je me rangeai devant le porche, sortis MES clés

de ma poche, pénétrai dans la maison. Tout y était silencieux, et il y régnait déjà une odeur de renfermé. J'ouvris tous les volets à un soleil voilé et à une lumière chiche, sous laquelle, malgré tout, les lieux reprirent vie en mon honneur. Je montai au premier étage voir les chambres, où je n'étais pratiquement jamais entré.

Redescendu au rez-de-chaussée, je visitai la cuisine, fief de Marcel, avec ses appareils multiples, et surtout son frigo, combiné avec un congélateur géant. Je ne résistai pas à l'impulsion d'en ouvrir la porte, découvrant des plats congelés haut de gamme, ceux que peut-être Marcel servait à mon oncle en lui faisant croire qu'ils venaient de chez le traiteur. Du coup, mon appétit se réveilla. Après tout, je n'avais rien mangé depuis la veille au soir, juste une tasse de café ce matin, petit déjeuner interrompu par le coup de téléphone de Pupenier.

Je fis mon choix, des choses qui me parurent succulentes. Je les passai au micro-ondes, avant de disposer, sur la grande table du salon, un couvert de fine porcelaine découvert dans l'un des placards : Je ne me refuserais plus rien. Une rigidité dans ma poche me rappela la présence du carton Monte-Cristo. Je le déposai près de mon assiette. Il serait le piment spirituel à mes nourritures matérielles, me rappelant à chacune de mes bouchées l'étendue de ma victoire et le faste de mes jours à venir.

Je m'aperçus soudain que j'avais oublié le plus important : on ne fête rien sans un bon vin, et sur ce point, mon opinion était faite : le montrachet dont j'avais eu la révélation ! Symbolique ironie, j'en déboucherais la bouteille marquée 56, celle-là même que mon oncle Charles n'aurait jamais l'occasion de déguster.

DU MÊME AUTEUR

Aux Éditions Denoël

Collection Super Crime-Club

OCTAVE II

LES HUMEURS FATALES

MORT AU JURY

L'ASSASSIN MALADROIT *(Grand Prix de littérature policière 1971)*

MONSIEUR JOSUÉ

SIX PERSONNAGES EN QUÊTE DE MEURTRE

Collection Sueurs froides

LE BOUTON DU MANDARIN

LE QUIDAM ET LA MORT

LES CONFESSIONS D'UN ENFANT DU CRIME

GRAND-PÈRE EST MORT

UN TUEUR EN SORBONNE *(Sous le pseudonyme d'Albert Davidson)*

ÉLÉMENTAIRE, MON CHER HOLMES *(prix Mystère de la critique 1983)*

L'ASSASSIN DU BOULEVARD

LE BESTIAIRE DE SHERLOCK HOLMES

LA RAISON DU MEILLEUR EST TOUJOURS LA PLUS FORTE

LES PASSE-TEMPS DE SHERLOCK HOLMES

FAITES-LES TAIRE !

HISTOIRES SECRÈTES DE SHERLOCK HOLMES

VOYAGE AU CENTRE DU MYSTÈRE *(Grand Prix Paul Féval 1995 de la Société des gens de lettres)*

SOUVENEZ-VOUS DE MONTE-CRISTO

Collection Présence du Futur

Sous le nom de René Sussan

LES CONFLUENTS

L'ANNEAU DE FUMÉE

LES INSOLITES *(Grand Prix de la Science-Fiction française 1985)*

LES NOURRITURES EXTRATERRESTRES *(en collaboration avec Dona Sussan, Grand Prix de l'Imaginaire 1995, Catégorie « Prix Spécial »)*

Collection Présence du Fantastique

LES GRANDES PROFONDEURS

Hors collection

DICTIONNAIRE DES ASSASSINS

TOBIE OR NOT TOBIE

LE DÉTECTIVE VOLÉ

RÉCITS DE LA 3e BRIGADE

LES RENÉGATS DE L'AN MII

Collection Présences

LES SURVENANTS

Composition Nord Compo.
Impression Société Nouvelle Firmin-Didot
le 5 janvier 1998.
Dépôt légal : janvier 1998.
Numéro d'imprimeur : 40887.

ISBN 2-07-040400-5/Imprimé en France.

84023